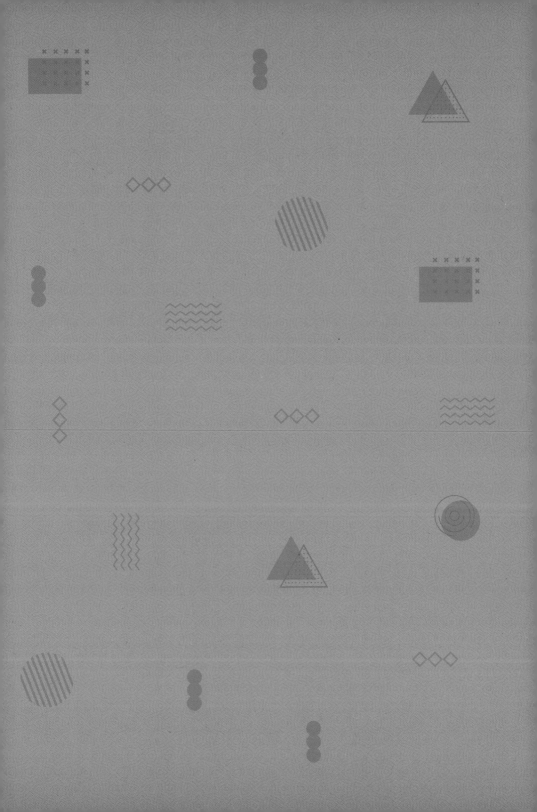

마음의 비밀을 밝혀라

11명의 심리학자를 통해서 보는
마음 탐구의 역사

마음의 비밀을 밝혀라

박민규 지음

빈빈
책방

마음의 작동원리를 밝히는 심리학

아, 힘늘어! 나, 지금 너무 힘들어. 누가 모난 말로 쿡쿡 찌르면 눈물이 터질 것 같아. 시간아 제발 빨리 지나가라. 우울하고, 재미없고, 내가 지금 뭐 하나 싶다. 아휴.

나는 내 감정에 솔직한 편이다. 기분이 나쁘면 울상을 짓고, 기분이 좋으면 큰 소리로 깔깔깔 웃는다. 이런 솔직한 내 모습을 좋아하는 사람도 있겠지만, 살아가다 보면 솔직한 마음을 감춰야 하는 일이 훨씬 많을 거라고 생각한다. 내가 내 생각을 솔직하게 말할 수 있는 날은 얼마나 남았을까?

게다가 나는 변덕도 심하고 아주 깐깐하다. 내가 정한 '좋아하는 것'의 틀에서 조금만 엇나가도 마음에 들지 않는다. 모두가 나에게 반드시 맞춰줘야 한다는 법도 없는데 말이다. 그런 의미에서 나는 굉장히 좋은 친구들을 두었다. 만약 나와 비슷한 성향의 친구가 있었다면 우리는 결국 진짜 친구는 못 되었을 거다.

나의 '가장 친한 친구'는 진짜 착하다. 내가 짜증을 내도 항상 먼저 괜찮냐고 물어봐 주는 것도, 미안하다고 사과하는 것도 그 친구다.

> 말은 안 하지만 항상 얼마나 고마운지 모른다.
>
> 개학도 이틀밖에 남지 않았다. 초조해진 마음을 바로잡자. 중학생
>
> 으로서의 마지막 1년을 앞두고 기분이 상당히 묘하다.

어느 평범한 중학생의 일기에요. 여러분도 일기를 쓰나요? 이 일기를 쓴 친구는 앞으로 자신이 경험하게 될지도 모르는 일을 걱정하고, 변화를 맞이해야 하는 자신의 감정을 솔직하게 표현해요. 가장 친한 친구와의 관계를 생각해보고, 며칠 후 학교에 갈 일을 상상하죠.

이 모든 일의 주인공은 바로 '나'예요. 나는 생각하고, 느끼고, 지난 일을 떠올리고, 앞으로의 일을 상상하고, 다른 사람과의 관계를 걱정하고, 우울해지기도 하고 초조해지기도 하죠. 우리는 이것들을 뭉뚱그려 '마음'이라고 합니다.

도대체 '마음'은 무엇일까요? 어떻게 만들어진 걸까요? 어떤 특징을 가지고 있을까요? 어떻게 움직일까요?

아주 옛날에는 '내'가 결정할 수 있는 것은 없고 '하늘' 혹은 '신'으로 부터 명령받은 것을 그대로 따라 한다고 생각했어요. 하지만 지금으로 부터 약 2500년 전, 고대 그리스의 학자들이 본격적으로 마음이 무엇 인지 다루기 시작했지요. 소크라테스, 플라톤, 아리스토텔레스, 히포크 라테스 같은 학자들이 저마다 사람과 마음에 대한 자신의 생각을 펼쳤 어요. 이들은 주로 사람이란 무엇인가, 우리가 어떻게 세상을 보고, 듣 고, 느끼는가, 지식은 무엇이고 어떻게 얻는가 등에 관심을 가졌어요.

비슷한 시기에 동양에서는 공자, 맹자와 같은 유학자들이 사람의 본 성이란 무엇이며, 본성은 어떻게 세상에 드러나는가를 이야기했어요. 또한, 석가모니 부처도 마음의 본질에 대해 설법을 했지요.

이들의 생각을 뿌리로 2000년이 넘는 시간 동안 마음에 대한 이해는 점점 발전했어요. 17세기에 이르면 '철학'을 중심으로 본격적으로 마음 에 관한 탐구가 이루어집니다. 당시 철학자들은 논리적인 사고와 직관 으로 사람의 마음을 연구했어요. 즉, 가만히 책상에 앉아 다양한 생각 을 펼친 후 '마음은 이런 것이다'라는 결론을 내린 거예요.

19세기에 이르러 과학이 비약적으로 발달하기 시작했어요. 이전에는 철학자들이 다루었던 사람의 마음을 의학과 생리학 분야의 과학자들이 본격적으로 탐구하기 시작한답니다. 이들은 다른 과학 분야처럼 마음을 연구할 때도 직접 관찰하고 실험해서 결론을 내렸지요. 특히 우리가 세상을 어떻게 알 수 있는지를 눈이나 귀와 같은 감각기관이나 신경세포의 연구를 통해서 밝혔어요.

　하지만 여전히 사람의 마음이 연구의 중심은 아니었어요. 철학자들은 마음을 철학 연구의 일부분으로 다루었고, 의학자나 생리학자들의 연구 중 일부만이 마음과 관계가 있을 뿐이었지요. 19세기 후반에 이르러서야 비로소 '마음'이 연구의 중심 대상이 되기 시작했는데, 인류가 처음 '마음'에 관심을 가지기 시작한 지 2300여 년이 지나서였죠.

　이렇게 사람의 마음을 연구하는 학문을 '심리학'이라고 부른답니다. 이름 그대로 마음(심心)의 이치(리理)를 연구하고 밝히는(학學) 것으로, 영어로는 'Psychology'라고 해요. 'Psyche'는 그리스어로 '숨', '호흡'

을 의미해요. 숨을 쉬는 것은 생명이 있고, 생명은 영혼, 즉 마음을 가지고 있다는 의미로 사용되었어요. 'logy'는 '학문', '이론'을 의미해요. Psychology는 '마음을 다루는 학문'이라는 뜻이에요.

이 책에서는 사람의 마음의 비밀을 밝힌 11명의 대표적인 학자들을 살펴볼 거예요. 이들은 다양한 연구를 해서 마음이 작동하는 여러 원리를 탐구했답니다.

우리는 어떻게 세상의 여러 사물을 알아볼까?

지난 일들을 기억하고 다시 떠올리는 원리는 무엇일까?

새로운 것을 배울 때는 무엇이 달라지는 것일까?

수학과 같은 복잡한 계산을 할 때 마음은 어떻게 움직일까?

'나'만이 가지고 있는 독특한 특성은 무엇일까?

이전의 '나'와 지금의 '나', 미래의 '나'는 어떻게 다를까?

친구와 함께 있을 때와 혼자 있을 때 내 마음은 다르게 움직일까?

슬프고, 즐겁고, 우울한 느낌은 왜 생겨날까?

마음이 아프면 어떻게 해야 할까?

이 질문에 답을 알려 줄 11명의 심리학자를 함께 만나 보아요.

한눈에 보는
마음 탐구의 역사

장 피아제
인지가 발달하는
과정을 밝히다

B. F 스키너
정교한 학습원리,
조작적 조건형성

존 B. 왓슨
행동주의의
창시자

막스 베르트하이머
전체는 부분의 합
이상

에드워드 손다이크
동물실험에서 인간
학습의 원리를 찾다

윌리엄 제임스
마음이 어떻게
작동하는가를 탐구하다

존 로크
영국, 경험론
"마음은 하얀 종이,
경험이 그림을 그린다"

아리스토텔레스
지식은 감각과 경험을
통해 획득된다

조지 아미티지 밀러
인지 혁명의
선구자

쿠르트 레빈
장 이론과 변화 모형
사회심리학의 개척자

고든 W. 올포트
특질 이론으로
사람의 성격을 탐구하다

빌헬름 분트
근대 심리학의
시초

지그문트 프로이트
정신분석의 아버지
무의식의 중요성을
밝히다

데카르트
대륙, 합리론
"나는 생각한다
고로 존재한다"

플라톤
변하지 않는
참된 이데아

소크라테스
인간은 불멸의 영혼과
지식을 타고난다

· 차례 ·

마음 탐구가 시작되다

아주 오랜 옛날, 그러니까 지금부터 약 4000여 년 전 사람들은 세상의 모든 일이 절대자, 즉 '신'의 뜻에 따른다고 생각했어요. 풍년이 들어 농작물을 많이 거두어들이거나, 홍수나 가뭄, 전쟁이나 질병 같은 재앙모두 신이 자신의 뜻을 내보이는 것이라 믿었지요.

사람의 마음, 생각, 감정도 전부 신의 뜻이라고 생각했어요. 고대의 기록을 살펴보면 "신이 ○○에게 어떤 모습을 보게 했다", "신이 ○○의 마음을 어떻게 변화시켰다"와 같이 "신이 ○○를 했다"라는 표현들만 남아 있고, 한 사람 한 사람의 '마음'에 관한 표현은 없었어요.

그러다가 기원전 6세기 무렵부터 '마음'의 흔적이 발견되기 시작해요. 동양에서는 부처가 '보고, 듣고, 냄새 맡고, 맛보고, 만지는 사람의 감각이 마음을 만들어 낸다'고 설법했고, 공자는 《논어》에서 "자기가 원하지 않는 것을 다른 사람에게 하지 말라"라고 말했어요. 공자의 말씀을 따르기 위해서는 먼저 자기가 무엇을 원하지 않는지, 자신의 마음을 알아야 했지요. 동시에 다른 사람의 마음도 이해해야 했어요. 부처와 공자가 사람들에게 말한 내용을 보면 당시에는 신의 의지보다 사람의 마음이 중요해졌다는 것을 알 수 있어요.

서양 고대 문명의 중심지였던 그리스에서도 사람의 '마음'이 중요해졌다고 볼 수 있는 뚜렷한 증거가 나타났어요. 그리스의 유명한 시인 사포는 과거에 신의 뜻이라고 여겼던 감정의 변화를, 사람의 마음이 변하는 것으로 노래해요. 또 사람의 합리적인 마음을 가리키는 단어도 여러 책에 등장합니다.

새로운 사상과 과학, 예술, 문화가 크게 융성한 당시 그리스의 부유한 계층 사람들은 온종일 다양한 주제에 대해 생각하고 토론했어요. 우주란 무엇인가? 사물의 본 모습은 어떠한가? 도덕과 윤리는 어떠해야 하는가? 아름다움은 무엇인가? 사람의 마음이란 무엇인가? 이러한 풍토 속에서 기원전 4~5세기경에는 세상의 이치와 사람의 본성을 탐구하는 학문 '철학'이 탄생했고, 철학을 탐구하는 '철학자'가 나타났지요.

사람의 마음에 대해서 그리스의 철학자는 다음 물음을 던졌어요.

물질과 마음은 다른 것인가?

영혼이 있는가? 사람이 죽고 난 후에도 영혼이 남아 있는가?

마음과 몸은 어떻게 연결되어 있을까?

사람의 특성은 태어나면서부터 가지고 있는 것인가 아니면 자라나면서 만들어지는 것인가?

아테네 학당, 산치오 라파엘로, 1511

우리가 보는 세상은 정말로 있는 것인가?

생각하는 것과 경험으로 증거를 찾는 것 중 어느 쪽이 진리에 이
르는 길인가?

마음이 감정을 지배하는가? 아니면 감정이 마음을 지배하는가?

이 물음들에 답을 찾으며 사람의 마음에 관한 탐구가 본격적으로 시
작되었답니다. 이제 고대 그리스 철학자들을 통해 마음 탐구가 어디에
서 시작되었는지 살펴보도록 해요.

● 소크라테스 : 사람은 '지식'을 가지고 태어난다

첫 번째로 소개할 사람은 소크라테스예요. 소크라테스의 아버지는 돌을 쪼아 조각상이나 건물을 만드는 석공이었고 어머니는 아기가 태어날 때 도와주는 산파였다고 전해져요. 당시 아들은 보통 아버지의 직업을 물려받았어요. 소크라테스도 석공 기술을 배우면서 철학, 수학, 천문학 등을 공부했지요. 그는 전쟁에 나가 용감히 싸우기도 했고, 추위나 더위를 잘 참을 만큼 몸도 건강했다고 합니다. 나이가 든 이후에 소크라테스는 허름한 옷을 걸치고 광장이나 시장을 걸어 다니면서 만나는 사람들과 여러 가지 주제를 가지고 토론했어요. 그는 아테네의 청년들에게 정의, 용기, 절제 등을 가르쳤고 많은 청년이 그를 따랐어요. 하지만 소크라테스는 당시 권력자들의 미움을 사는 바람에 "청년을 타락하게 하고 신을 믿지 않는다"라는 죄로 사형을 선고받고, 독약을 마시고 죽음을 맞이합니다.

소크라테스의 죽음, 자크루이 다비드, 1787

소크라테스는 사람들이 올바른 삶을 살도록 돕는 것을 목표로 삼았어요. 그는 올바른 삶은 바른 지식으로부터 나온다고 믿었어요. 하지만 그는 지식을 직접 가르치지 않았어요. 가르침을 청하는 학생들이 있으면 질문을 하고, 학생이 그 질문에 대답을 하면 또 다른 질문을 했어요. 이렇게 학생이 스스로 질문의 답을 찾으면서 진실을 발견하도록 했죠.

소크라테스는 사람은 태어나면서부터 이미 지식을 갖고 있다고 생각했어요. 배운다는 것은 경험을 통해 모르는 것을 알게 되는 것이 아니라, 이미 가지고 태어난 지식을 새롭게 발견하는 것이라 주장했지요. 그래서 질문을 통해 스스로 지식을 발견하도록 돕는 것이 '교육'이라고 생각한 거예요.

사람이 태어날 때부터 이미 많은 것을 갖추고 있다는 그의 생각은 지금까지 이어지고 있어요. 사람의 성격은 타고나는 것이고, 태어날 때부터 언어를 사용할 수 있는 능력을 갖추고 있다는 등의 심리학 연구로 이어졌어요.

소크라테스는 사람이 가지고 태어난 지식은 몸과는 별개의 것이라 믿었어요. 이것은 영혼, 혹은 마음이라고 부를 수 있어요. 이 생각은 몸과 마음을 따로따로 보는 생각으로 발전해요. 소크라테스의 생각은 그의 제자인 플라톤에게로 이어진답니다.

플라톤 : 최초의 발달심리학자, 사람의 성장 과정을 탐구하다

플라톤은 기원전 427년 그리스 아테네에서 태어났어요. 부모는 부유한 귀족이었어요. 플라톤은 레슬링을 즐기는 건장한 체격의 잘생긴 청년으로 자라났어요. 그는 원래 시인이 되고 싶었어요. 어느 날 글짓기 대회에 자기가 쓴 시를 제출하기 위해 가는 길에 시장에서 연설하고 있는 소크라테스를 만나요. 연설에 감동한 플라톤은 집으로 돌아가 자신이 쓴 시를 모두 불태워 버리고는 소크라테스의 제자가 됩니다.

플라톤은 소크라테스에게 8년 동안 배웠어요. 그는 열심히 공부하는 모범적인 학생이었다고 해요. 기원전 404년에는 플라톤의 친척이 아테네의 권력자가 되었어요. 플라톤도 가족의 성화에 못 이겨 정치가가 되었지요. 그는 정치가들이 모일 때 주로 뒷자리에 물러앉아 그들의 다양한 행동을 자세히 관찰했어요.

하지만 정권이 바뀌자 플라톤은 반대파를 피해 아테네를 떠나야 했어요. 그는 지중해의 여러 섬을 돌아다니며 다른 철학자들을 만나서 함께 공부하고 토론했어요. 40세에는 어떤 섬의 지도자를 독재자라고 비난하다 잡혀가서 노예로 팔릴 위기에 처했어요. 다행히 그를 존경하던 어느 부자가 몸값을 치르고 구

플라톤의 흉상

해줘요. 큰 위기에서 벗어난 플라톤은 다시 아테네로 돌아갑니다.

플라톤은 친구들이 돈을 모아서 사준 아테네 인근의 땅에 학교를 세웠어요. 이 학교는 이후 900여 년 동안 온갖 지식의 중심지가 되죠. 플라톤은 세상을 떠날 때까지 학생들을 가르치며 연구를 해요.

플라톤은 변하지 않는 참된 것이 존재한다고 주장했고, 이것을 '이데아'라고 불렀어요. 그런데 이데아는 사람 안에 있는 것이 아니라 저 너머 알 수 없는 곳에 있어요. 이데아를 아는 것이 '지식'이지만 감각과 경험으로는 이데아를 알 수 없어요. 사람의 감각과 경험은 그때마다 달라져 믿을 만하지 못하거든요. 그래서 마음을 통해, 사고를 통해서만 이데아를 알 수 있어요. 게다가 이데아는 시간이 지나도 변하거나 없어지지 않아요. 사람이 모두 사라져도 이데아는 남아있어요.

이데아를 영어로 하면 '아이디어'에요. 눈앞에 의자가 하나 놓여 있을 때, '의자'라는 생각을 떠올릴 수 있죠? 의자는 오래 사용하다가 망가질 수도 있지만 '의자'라는 아이디어, 즉 이데아는 남아 있어요. 아름다운 꽃은 시간이 지나면 시들어 버리지만, '아름다움'이라는 아이디어, 이데아는 변하지 않아요. 이런 생각을 펼친 플라톤을 사람들은 이상주의자idealist라고 불러요.

플라톤은 당시로는 특이하게도 사람이 커가면서 어떻게 달라지는지를 탐구했어요. 3살까지가 사람의 성격이 만들어지는 중요한 시기이기 때문에 공포, 고통, 슬픔과 같은 감정을 경험하는 것은 해롭다고 주장했죠. 또 6세부터는 남자아이들과 여자아이들을 따로 놀게 해서 사회에서 요구하는 역할을 배우게 해야 하고, 청년이 되면 이성적이고 비판적인 사고를 할 수 있기 때문에 과학과 수학을 가르쳐야 한다고 주장했어요. 그는 사람마다 타고나는 것이 다르므로 재능을 발휘할 수 있는 환경을 만들어 주는 것이 중요하다고도 생각했지요.

사람이 자라나면서 어떻게 변화하는지 연구하는 심리학 분야를 '발달심리학'이라고 해요. 플라톤은 최초의 발달심리학자였다고 할 수 있어요.

플라톤은 사람에게 영혼이 있다고 믿었어요. 영혼은 몸에 자리를 잡고, 몸을 조종해요. 영혼은 이성적 사고나 의지 또는 욕망을 통해서 몸을 조종해요. 이 셋의 관계를 플라톤은 말 두 마리가 끄는 마차에 비유했어요. 한 마리 말은 '의지'로, 활기차고 순종적이에요. 다른 말은 '욕망'인데 거칠고 말을 듣지 않아요. 마부는 '이성'이에요. 마부는 두 마리 말을 다스려서 마차가 잘 달리도록 해요. 즉, 이성이 의지와 욕망을 잘 다스려서 사람이 잘 살아가도록 한다는 주장이에요. 이것이 플라톤이 생각한 마음의 작용 방식이었어요. 2300여 년 후 플라톤의 생각은 '정신분석'이라는 분야에서 다시 나타나요.

● 아리스토텔레스 :
지식은 감각과 경험에서 나온다

플라톤에게는 아리스토텔레스라는 뛰어난 제자가 있었어요. 아리스토텔레스는 기원전 384년 그리스 북부 스타게이라에서 태어났어요. 아버지는 마케도니아라는 도시국가의 궁정에서 왕을 치료하는 의사였어요. 아리스토텔레스도 어려서부터 생물학과 의학을 공부했어요. 17세가 되던 해에 플라톤이 세운 학교에 입학해서 20년간 공부해요. 아리스토텔레스가 37세가 되던 해에 플라톤이 세상을 떠나요. 사람들은 가장 뛰어난 제자인 아리스토텔레스가 학교를 물려받을 거라고 생각했지만, 예상과 달리 플라톤의 조카가 학교를 물려받아요.

낙담한 아리스토텔레스는 학교를 떠나요. 그리고 여러 나라를 돌아다니며 가르치고, 연구하고, 글을 써요. 동물과 인간의 행동을 관찰하고, 별을 연구하고, 동물을 해부하면서 생물학을 연구하는 등 여러 방면에 관심을 가졌어요.

49세가 되던 해에 아리스토텔레스는 아테네로 돌아와서 자기가 다녔던 학교와 경쟁하던 학교의 책임자가 돼요. 이 학교에서 13년간 연구와 강의를 했지요. 오전에는 학자와 연구자를 대상으로 하는

아리스토텔레스의 흉상

전문적인 강의를 하고, 오후에는 일반인들에게 정치학, 윤리학 등을 가르쳤어요.

그러던 중 아테네에서 마케도니아를 반대하는 움직임이 생겨났어요. 아리스토텔레스는 아테네 사람이 아니었고, 아버지가 마케도니아의 궁정에서 일했기 때문에 아테네 사람들의 미움을 사게 되었죠. 신변에 위험을 느낀 아리스토텔레스는 아테네를 떠나 어머니의 고향으로 가요. 그리고 다음 해 위장병으로 삶을 마칩니다.

아리스토텔레스는 감각과 경험이 지식의 근본이라고 생각했어요. 소크라테스나 스승인 플라톤과는 정반대의 의견이었지요. 아리스토텔레스는 경험과 관찰을 통해 지식을 다듬어 진리에 도달한다고 믿었어요. 그리고 '귀납' 방식을 체계화했어요.

아리스토텔레스는 사람의 마음에는 경험을 하나로 묶어 주는 것이 있다고 주장했어요. 예를 들어, 우리는 눈앞의 맛있는 음식을 모양과 맛, 냄새 따로 보지 않고 한덩어리로 봐요. 이를 '공통 감각'이라고 불렀어요.

지식이 감각과 경험을 통해 얻어진다는 아리스토텔레스의 생각은 이후 과학의 발전에 커다란 영향을 미쳐요.

> **귀납과 연역**
> '귀납'은 어떤 현상을 관찰하거나 경험한 결과를 모아서 이해하는 거예요. 우선 증거를 찾아 증거로부터 결론을 내리는 방식이죠. 귀납과 대비되는 방식은 '연역'이에요. 연역은 먼저 현상을 설명하는 이론을 만들고, 이 이론을 현상에 적용해 보는 방식이에요.

● 근대 철학자들

고대 그리스에서 시작된 철학, 그중에서도 사람의 마음에 관한 관심
은 중세를 거쳐 근대로 이어지면서 두 갈래의 큰 흐름을 만들어요. 하
나는 소크라테스와 플라톤의 생각에 뿌리를 두고, 다른 하나는 아리스
토텔레스의 생각에 뿌리를 두고 있어요.

소크라테스와 플라톤의 생각에 뿌리를 둔 철학자들은 우리의 머릿
속에 있는 개념, 이성적으로 추론한 것이 참된 지식이라고 믿어요. 이
런 주장을 '합리론', 이런 주장을 하는 사람을 '합리론자'라고 해요.

반대로 아리스토텔레스의 생각을 따른 철학자들은 감각과 경험이
지식의 원천이라고 주장해요. 사람의 마음은 처음에는 텅 빈 백지와 같
은데, 여기에 경험이 쌓여 여러 가지 그림이 그려진다고 믿어요. 이런
주장을 '경험론', 이런 주장을 펴는 사람을 '경험론자'라고 하죠.

이 두 가지 흐름은 후에 심리학에서 '마음'을 어떻게 보고 연구해야
하는지에 직접적인 영향을 미쳐요.

● 합리론자, 르네 데카르트

르네 데카르트는 1596년 프랑스 투렌 지방에서 태어났어요. 1606년
에는 교회에서 운영하는 학교에 들어가 수학과 철학을 공부해요. 태어

났을 때부터 몸이 약했지만 공부를 잘했던 데카르트를 위해 선생님은 특별히 침대에 누워 책을 볼 수 있게 해 주었어요.

학교를 졸업한 다음에도 데카르트는 다른 사람과 어울리기보다는 혼자서 수학과 철학을 공부하고 사색에 잠기는 생활을 했어요.

그는 이렇게 생각했어요.

"내가 상상할 수 있는 모든 질문을 던져서 조금이라도 의심이 가는 것을 다 없애버리면 의심할 수 없는 진실만 남는다."

그런데 모든 것을 없애도 마지막까지 없애지 못하는 것은 의심하는 주인공인 '나'예요. 그래서 데카르트는 '의심하는 나'가 있기 때문에 내가 '존재'하는 것은 진실이라고 주장했어요. 이것이 바로 유명한 명언 "나는 생각한다, 그래서 나는 존재한다"로 전해진답니다.

소크라테스나 플라톤과 달리 데카르트는 진실을 탐구하는 과정에서 경험도 중요하다고 생각했어요. 생물학을 공부하고, 해부도 해 보았기

르네 데카르트의 초상
(프란츠 할스, 1648)

때문인지 데카르트는 사람의 몸을 기계처럼 여겼어요. 마음, 혹은 영혼은 몸 전체에 '동물 영혼'이라고 부르는 것을 통해 퍼져 나가서 몸을 움직이고, 배고픔이나 열정과 같은 감각도 '동물 영혼'을 통해서 마음에 전달된다고 생각했어요.

데카르트는 사람이 '기억'하는 원리도 기계의 작동 원리와 같다고 생각했어요.

천에 바늘을 꽂아 두었다가 제거하면 시간이 지나도 천에 바늘구멍 자국이 남아 있는 것처럼, 경험이 계속되면 두뇌에 흔적을 남기는데 이것이 기억이라는 것이죠.

몸과 마음에 대한 데카르트의 생각은 오늘날 밝혀진 뇌와 신경의 기능과 흡사해요. 뇌는 신경을 통해 움직임을 조절하고, 신경은 외부 감각을 받아서 뇌로 전달해요. 데카르트가 말한 '동물 영혼'은 우리 몸의 신경에 해당한다고 볼 수 있답니다.

소크라테스와 플라톤의 전통을 이었지만, 경험 또한 중시한 데카르트의 생각은 심리학이 과학으로 발전하는 데 큰 영향을 미쳐요.

● 경험론자, 존 로크

합리론은 주로 유럽 대륙에서 번성했어요. 유럽 대륙과는 바다를 사이에 두고 있는 섬나라 영국에서는 다른 생각이 발전했어요. 영국의 철학자들은 경험과 실험을 중시했어요. 그들은 마음은 경험에 따라 변화하고, 진리도 경험을 통해서 알 수 있다고 믿었어요. 마치 아리스토텔레스가 그랬던 것처럼 말이에요.

영국 경험론의 아버지라고 불리는 사람은 존 로크에요. 로크는 1632년 영국의 작은 마을에서 태어나 옥스퍼드 대학교에서 데카르트의 철학을 공부했어요. 화학과 의학을 공부해서 의사가 되고, 후에는 정치에

존 로크

참여해서 영국 민주주의의 토대를 만들기도 했답니다.

　로크는 수많은 책을 남겼는데, 그중에서도 1690년 펴낸 《인간 지성론》에는 심리학과 철학의 방향을 바꿀 만큼 중요한 이야기가 담겨 있어요. 이 책에서 로크는, 우리는 경험을 통해 지식을 획득하는 것이며 합리론자들이 생각하는 것처럼 태어나면서부터 가지고 있는 지식은 없다고 주장했어요.

　합리론자인 데카르트는 '신God'에 대한 믿음은 사람이 태어나면서부터 가지고 있는 것이라고 설명했어요. 신을 직접 만나본 적 없는 사람들도 신을 믿는다는 것은 사람이 태어날 때 신에 대한 믿음을 가지고 태어난다는 증거라고요.

　로크는 이 주장에 반대했어요. 만일 '신'에 대한 믿음이 태어나면서부터 존재한다면 모두가 신을 믿어야 해요. 그런데 신을 믿지 않는 사람도 있어요. 로크는 신에 대한 믿음도 경험으로 얻는다고 설명해요. 믿을 수 없을 만큼 놀라운 일을 경험한다면, 이 경험이 신에 대한 믿음을 가지게 한다는 거죠.

　로크는 '선'과 '악'에 대한 관념도 타고난 것이 아니라고 주장했어요. 시대와 사회가 변화하면 선과 악의 기준도 바뀌기 때문이에요.

　로크는 인간의 마음이 아무것도 쓰여 있지 않은 흰 종이와 같다고 생각했어요. 무언가를 경험하면 이 흰 종이에 내용이 채워져요. 경험은 감각을 통해서 마음에 전달되기도 하고, 마음이 자신을 돌아보면서 만들어 내기도 해요. 만일 이전에 큰 실수를 했다면 우리는 그 일을 곰곰이 되씹으면서 다음에는 같은 실수를 하지 않도록 노력하지요. 이것이 마음이 자신을 돌아보는 작용이에요.

● 마음을 바라보는 두 가지 흐름과 심리학

지금까지 알아본 것처럼 마음을 바라보는 관점은 크게 둘로 나뉘어요. 첫 번째 흐름은 소크라테스-플라톤-합리론자로 이어져요. 사람은 지식을 가지고 태어나며, 합리적으로 생각하면 진리에 이를 수 있다고 믿었지요. 두 번째 흐름은 아리스토텔레스-경험론자로 이어져요. 사람은 백지와 같은 마음으로 태어나지만 경험이 쌓여 변화한다고 생각했어요.

서양의 모든 학문은 이 두 흐름과 깊은 관련이 있어요. 심리학도 마찬가지로 이 두 흐름에 뿌리를 두고 발전했어요. 앞으로 만나볼 심리학자들의 주장이 어느 흐름에 뿌리를 두고 있는지도 맞춰보세요.

인류 최초의 심리학 실험

옛날 이집트에 프삼티크라는 파라오가 있었어요. 그는 외부의 적을 물리치고 이집트의 문화를 융성하게 한 훌륭한 파라오였지요.

이집트 사람들은 자신들이 세상에서 가장 오랜 역사를 가진 민족이라는 자부심이 있었어요. 어느 날 프삼티크는 이집트인이 가장 오래된 민족이라는 것을 증명하고 싶어졌어요.

프삼티크는 이렇게 생각했어요.

"만일 사람이 태어나서부터 다른 사람이 하는 말을 듣지 못하고 자라게 하면 어떻게 될까? 아무것도 듣지 못했기 때문에 아이가 처음으로 하는 말은 인류가 태초부터 가지고 있는 말이 아닐까? 만일 이집트가 가장 오래된 민족이라면 태초에 사용한 말도 이집트 말일 테니, 아이가 처음으로 하는 말은 이집트 말일 거야."

프삼티크는 그의 이론을 실험에 옮겼어요. 갓난아이를 외딴곳에서 정성을 다해 키웠지요. 단, 아이를 키우는 사람들은 아이 앞에서 어떤 말도 해서는 안 되었답니다.

아이가 자라 두 살쯤 되자 처음으로 무엇인가를 말했고, 사람들은 주의 깊게 들었어요. 아이가 한 첫 마디는 'becos'라는 말이었어요. 프삼티크는 학자들을 동원해서 이 말이 무슨 뜻인지 알아내게 했어요.

학자들은 이 단어가 프리기아라는 민족이 사용하는 말이라는 것을 알아냈어요. 'becos'는 프리기아 말로 '빵'이라는 뜻이래요. 프삼티크는 실망했지만, 프리기아가 이집트보다 더 오래된 민족이라는 것을 인정했다고 해요.

이 재미있는 이야기에는 심리학 연구의 핵심이 담겨 있어요. 프삼티크는 언어 능력을 인간이 태어날 때부터 가지고 있다고 가정했지요? 프삼티크는 이론을 먼저 세운 다음, 실제로도 그러한지 실험해보는 연역적 방법을 적용했어요. 아마도 프삼티크 왕은 합리론자였을 거예요.

심리학이 탄생하다

빌헬름 막시밀리안 분트

Wilhelm Maximilian Wundt

· 1832~1920 ·

'심리학'이라는 학문은 언제부터 있었을까요? 앞서 본 것처럼 사람들은 아주 오래전부터 마음에 관심을 가졌어요. 하지만 '심리학'이라는 학문으로 만들어진 것은 오래되지 않았어요. 철학, 물리학, 수학과 같은 학문에 비하면 매우 젊은 학문이에요.

사람들은 심리학이 1879년 12월에 태어났다고 이야기해요. 철학이 태어난 날짜, 물리학이 태어난 날짜는 정확히 이야기할 수가 없는데 어떻게 심리학이 태어난 날짜는 꼭 집어서 언제라고 이야기할 수 있을까요? 이날은 독일 라이프치히 대학 허름한 건물 3층 작은 방에 중년의 교수와 두 명의 학생이 실험실을 시작한 날이에요. 이 교수는 후에 '심리학의 창시자'라고 불린 빌헬름 막시밀리안 분트예요. 학생 중 한 명인 막스 프리드리히가 박사 학위 논문에 사용할 실험을 여기서 처음으로 했어요. 공을 철판 위에 떨어트리고, 부딪혀 나는 소리를 듣자마자 단추를 눌러 시간을 기록하는 실험이었어요. 이것이 '심리학'의 시작이었답니다.

이전까지 마음에 관한 연구는 철학의 일부분으로 다루어졌어요. 철학자들은 내 마음이 어떻게 움직이는지 자신을 돌아보고 생각해서 답을 내었어요. 이것은 과학의 연구 방법과는 달랐어요. 과학은 관찰이나 실험을 통해 객관적인 증거를 수집해서 이론이나 생각을 발전시키죠.

19세기에 이르러서는 생리학의 한 부분으로 빛이나 소리가 신경세포에 어떤 반응을 일으키는지를 연구했어요. 생리학은 경험적인 증거와 실험을 통한 과학적 방법으로 연구했어요. 하지만 여기에는 '마음'이 빠져 있었어요. 마치 기계처럼 사람은 어떤 물리적인 특징에 대해 어떻게 반응하는가 하는 것만을 알 수 있었죠.

분트의 실험실에서는 '마음'을 '실험'으로 연구하고자 했어요. 단순히 빛을 보는 것과 빛을 마음에서 의식하는 것, 찰칵거리는 소리를 단순히 듣는 것과 그 소리가 어떤 소리인지 내 마음이 알아내는 것을 구별해서 차이가 무엇인지를 연구했어요. 철학의 '사유'와 과학의 '실험'을 결합해서 새로운 연구 방법을 만들어 낸 것이지요. 이 방법은 이후 심리학의 발전에 큰 영향을 미치게 돼요. 이것이 분트가 '심리학의 창시자'라고 불리는 이유랍니다.

● 분트의 어린 시절

빌헬름 막시밀리안 분트는 1832년 독일 남서부 만하임 지역 근처의 네카라우 마을에서 태어났어요. 아버지는 목사였고 분트 집안은 대대로 공부를 많이 해서 대학교수, 의사 등을 배출했답니다. 그런데 분트는 어렸을 때 똑똑하지도 않았고, 공부에 관심을 보이지도 않았어요. 학교에서는 자주 딴생각에 빠져 공부에 집중하지 않는 학생이었어요.

분트가 초등학교 1학년 때 분트의 아버지가 수업을 참관했는데, 어린 분트는 딴짓만 하고 수업에 집중하지 않았어요. 아버지는 몹시 화가 나서 여러 사람 앞에서 분트의 뺨을 때렸어요. 이 사건은 분트의 마음에 상처를 주었고 그 기억은 아주 오랫동안 남아 있었다고 해요.

초등학교를 마친 후 분트는 가톨릭 교단에서 운영하는 김나지움에 다녔어요. 당시 학교는 매우 엄격해서 잘못하면 호되게 매질하는 벌을 주었어요. 하지만 이 엄격한 처벌도 분트에게 큰 효과가 없었지요. 하이델베르크에 있는 김나지움으로 전학하고 나서야 조금씩 나아지기 시작했지만, 학교를 졸업할 때까지도 분트는 앞으로 무엇을 할지 뚜렷한 목표가 없었어요.

그즈음 아버지가 돌아가시고 집안 형편이 어려워져서 분트는 안정적인 직업을 찾아야 했지요. 분트는 의사가 되기로 마음먹고 튀빙겐 대학에 입학해서 의학을 공부했고, 이어서 하이델베르크 대학에서는 의사가 되기 위한 본격적인 준비를 해요. 분트는 마치 다른 사람이 된 것

처럼 3년 동안 공부에만 집중해서 1855년 의사 시험에 우등으로 합격
한답니다.

● 본격적으로 심리학 연구를 시작하다

분트는 의사가 되었지만, 환자를 치료하는 것보다 연구를 더 좋아했
어요. 1858년에는 유명한 생리학자인 헤르만 본 헬름홀츠가 세운 연구
실에서 조수로 일하면서 장차 심리학의 토대가 될 공부를 할 수 있었어
요. 청년 분트는 일만 했어요. 연구실에서 공부하는 것은 물론 강의도

김나지움Gymnasium

독일의 교육 기관인 김나지움은 우리나라의 중학교와 고등학교를 합친 것과 같은 학
교에요. 김나지움은 고대 그리스어 김나시온에서 나왔는데, 김나시온은 그리스의 청
소년들이 모여 운동하고 공부하던 곳이었어요.

독일은 초등학교를 4년 동안 다니고 졸업 후 대학에 진학하고 싶은 학생들은 김나지
움에 가요. 김나지움은 8년제로 졸업 때 '아비투어'라는 시험을 쳐요. 아비투어는 대
학 입학 자격시험으로 여기 합격하면 대학에 갈 수 있어요. 독일은 대학별로 차이가
없고, 등록금은 정부에서 모두 부담해요. 아비투어에 합격한 학생은 어디든 자기가
다니고 싶은 대학에 등록하면 돼요.

분트가 학교를 다닐 때에는 초등학교 졸업생의 약 10%가 김나지움에 갔어요. 요즘
독일은 초등학교 졸업생의 약 40%가 김나지움에 진학하고, 김나지움 졸업생의 절반
정도가 대학에 간다고 해요.

하고, 책도 쓰고, 자신만의 새로운 연구를 했지요. 그리고 철학이나 생리학과는 다르지만, 인간의 마음을 과학적으로 연구하는 새로운 학문인 '심리학'을 본격적으로 주장하기 시작했어요.

1864년 분트는 하이델베르그 대학의 조교수가 되면서 헬름홀츠 연구실의 조수는 그만두고 자신만의 심리학 연구에 몰두했답니다. 1874년에는 《생리 심리학의 원리》라는 책을 쓰는데, 이 책을 통해 새로운 '심리학'을 세상에 알리기 시작해요.

1874년 취리히 대학에서 교수로 가르치다가 이듬해에는 라이프치히 대학으로 옮기는데, 1879년 여기서 최초로 심리학 실험실을 만들어요. 분트는 연구도 열심히 하고, 강의도 잘했어요. 그의 연구와 강의는 유명해져서 여러 사람의 관심을 끌었고, 명성도 얻게 되었어요. 그래서 대학에서는 분트에게 더 넓은 실험실을 제공해 주었어요. 유럽과 미국의 여러 젊은 학자들이 분트의 실험실로 모여들었고 새로운 학문 '심리학' 을 연구했어요. 이 연구소에서 공부한 제자들이 세계 각지로 퍼져나가 심리학을 널리 알리게 되었어요.

● 성실한 생활인, 너그러운 노년을 보내다

분트의 일상생활은 다른 사람들이 보기에는 매우 지루했어요. 매일 정해진 대로 시계추처럼 움직이는 꽉 짜인 삶을 살았어요. 아침에 일어나면 글을 쓰고, 오후에는 연구소에 나가 학생들과 함께 실험하고, 여러 가지 질문에 답을 했어요. 그다음에는 산책을 하면서 강의와 쓰고 있는 책, 진행하는 연구에 관해 깊은 생각을 했답니다. 그리고 잠시 연구소에 다시 들렀다가 집으로 돌아갔어요. 그는 사람들과 어울리는 것을 좋아하지 않았고, 여행도 다니지 않았어요. 가끔 일요일 저녁에 제자들과 식사하는 것이 분트가 하는 사교 활동의 전부였어요.

집에서는 온화하고 부드러운 분트였지만, 강의실에서는 카리스마가 넘쳤어요. 모든 학생이 강의실에 들어와 자리에 앉고 나면 고풍스러운 가운을 입은 분트가 학생들 사이를 가로질러 천천히 걸어 들어와서 시작되는 수업은 한 편의 장엄한 의식같았다고 해요. 분트는 강의할 때 노트를 한 번도 보지 않고 이야기를 계속할 수 있을 정도로 강의를 잘했어요.

나이가 들면서 분트는 매우 너그러운 할아버지 스타일이 되었어요. 특히 젊은 학생들을 집에 초대해서 자신의 경험을 기꺼이 나누어 주었지요. 그는 85세가 되어 은퇴할 때까지 심리학을 가르치고 연구를 계속했고, 88세에 세상을 뜰 때까지 끊임없이 글을 썼어요.

심리학 실험실의 분트(가운데 서 있는 흰 수염 난 사람)

● 분트의 실험실에서는 어떤 일을 했을까?

조용한 방에 메트로놈이 똑딱 소리를 내고 움직이고 있어요. 어떤 때는 느리게 '똑~~딱~~', 어떤 때는 빠르게 '똑딱똑딱', 소리가 몇 번 나다 중단되기도 하고 때로는 몇 분씩 계속되었지요. 실험실에서 연구하는 학생들은 가만히 앉아서 이 소리를 듣고 자신의 느낌을 이야기했어요. 어떤 때는 즐거운 느낌이 들기도 했고, 어떤 때는 불쾌한 느낌이 들기도 했지요. 빠른 소리를 들으면 흥분되었고, 느린 소리를 들으면 편안한 느낌이 들었어요. 또, 소리가 나기 전에는 약간 긴장되었고 소리가 난 후에는 안도감이 들기도 했어요. 학생들은 이런 식으로 자기 마음의 움직임을 아주 자세하게 살펴 기록했지요.

이렇게 자기 마음을 관찰하는 것을 '내성법introspection'이라고 해요. 내성법은 철학자들이 자기 생각이나 느낌에 대해 사고하는 것과는 무엇이 다를까요? 사람의 마음을 '물'이라고 생각해 봐요. 물은 화학식으로 H_2O라고 표시하죠. 이건 두 개의 수소 원자와 하나의 산소 원자가 서로 결합해 있다는 의미에요. '물'에 대해 잘 이해하기 위해서 먼저 수소 원자의 특징과 산소 원자의 특징을 알아내고, 이 둘이 결합하는 방식에 대해 알게 되면 '물'의 특성을 좀 더 알 수 있겠죠.

사람이 소리를 듣거나, 빛을 보거나, 어떤 색을 볼 때 일어나는 느낌을 분트는 마음을 만드는 기본 요소라고 생각했고 이 기본 요소들이 점점 복잡하게 서로 연결되어 우리 마음을 만든다고 생각했지요. 마치 아무리 복잡한 물질이라도 기본적인 원소의 결합으로 만들어지는 것처럼 말이에요.

그래서 분트는 마음을 연구하는 첫 단계는 마음을 이루는 기본 요소의 특성을 잘 알아내는 것으로 생각했어요. 이것을 위해 분트의 실험실에서는 단순한 소리나 빛이 사람에게 주는 감각과 느낌(마음의 기본 요소)에 집중해서 어떤 일이 일어나는가를 관찰하려고 한 거예요. 이를 관찰하는 방법이 '내성법'인 것이죠.

내성법은 철학에서 사용하는 사고와는 다르게 단순한 느낌을 정확하고, 세밀하게 쪼개야 했어요. 그래서 아무나 내성법을 사용할 수 있는 것이 아니라 자기 느낌을 관찰하는 충분한 훈련을 받은 후에만 내성법을 통해 실험할 수 있었어요.

메트로놈

메트로놈은 음악 연습을 할 때 박자를 맞추기 위해 사용하는 기계예요. 정해진 박자대로 추가 움직이면서 '똑, 딱' 소리를 내요. 1812년 처음 발명되었고, 위대한 음악가인 베토벤과 그의 제자인 체르니도 메트로놈을 사랑했다고 해요. 분트는 메트로놈을 마음의 움직임을 관찰하는 데 이용했어요.

분트의 실험실에서 하던 연구를 좀 더 살펴볼까요? 다음은 분트의 학생이었던 막스 프리드리히가 했던 실험이랍니다.

먼저 철판 위에 공을 떨어뜨려요. 공은 철판에 부딪히면서 '쨍그랑' 소리를 내고 동시에 아래에 있는 시계가 작동해요. 옆에 있던 사람은 쨍그랑 소리를 들었을 때 곧바로 손으로 시계와 연결된 버튼을 눌러야 해요. 버튼을 누르면 시계가 멈춰요. 시계가 작동한 시간으로 사람이 소리에 반응하는 데 시간이 얼마나 걸리는지 확인할 수 있었어요. 실험은 공을 떨어뜨리고, 소리를 듣고, 버튼을 누르는 일을 몇 시간씩, 며칠씩 계속 반복했어요.

소리를 듣고 바로 버튼을 누르는 행동에도 두 가지 방법이 있어요. 한 가지 방법은 소리가 마음에 뚜렷하게 떠오를 때 버튼을 누르는 것이었고, 다른 하나는 소리가 들리자마자 버튼을 누르는 거예요. 첫 번째 방법은 마음에 떠오르는 것에, 두 번째 방법은 소리에 집중하도록 한 거예요. 처음에는 사람들은 두 가지 방법 사이에 어떤 차이가 있는지 잘 구별하지 못했어요. 하지면 여러 번 반복하자 차이를 확인할 수 있었어요.

소리에만 집중할 때는 기계적으로 소리가 들리면 버튼을 눌렀어요. 하지만 마음에 떠오르는 것에 집중할 때는 소리가 날 것이라는 기대, 소리에 대한 상상, 버튼을 눌러야 한다는 압박, 버튼을 누른 후의 안도감 등 여러 가지 복잡한 느낌이 생겨났어요. 이렇게 마음에 무언가가 만들어져서 우리가 알 수 있는 것을 '의식'이라고 불러요. "왜 타인을 의식하니?", "혼수상태에서 깨어나 의식을 되찾았다"라고 말할 때의 그 '의식'이에요.

마음에 떠오르는 것에 집중할 때는 공이 떨어지고 버튼을 누를 때까지 약 0.2초가 걸렸고, 소리에 집중할 때는 공이 떨어지고 버튼을 누를 때까지 약 0.1초가 걸렸어요. 마음에 집중하면 소리에 집중할 때보다

버튼을 누를 때까지 0.1초가 더 걸렸어요. 이 시간 동안 기대, 상상, 느낌과 같은 우리 마음이 작동하는 거예요. 분트는 실험으로 소리를 듣는 것과 소리를 '의식'하는 것이 어떻게 다른지, 마음이 움직이는 데에는 시간이 얼마나 필요한지를 알아냈어요.

분트는 '의식'에는 개인의 '의지volition'가 중요하다고 생각했어요. 의지는 어떤 대상에 스스로 마음을 모으는 거예요. 마음을 모으는 것은 흔히 "주의를 기울인다", "주의를 집중한다"와 같은 말로 표현해요. 머릿속에 떠오르는 여러 생각 중 하나에 주의를 집중하면, 그 생각은 더 생생해지고, 시간이 지나도 기억하기도 쉬워지죠? 내가 스스로 주의를 기울이면 그 대상은 생생하게 '의식'돼요. 분트는 이것이 마음의 중요한 특징이라고 보았어요. 실험에서도 소리를 듣는 것이 아니라 소리를 듣고 마음에 떠오르는 것에 집중했기 때문에 느낌과 상상을 내가 알 수 있게, 즉 의식하게 된 것이죠.

집중해서 주의를 기울이지 않으면 소리와 빛이라는 자극에 반응하는 것이지 '의식'하는 것은 아니에요. 친구와 이야기를 할 때, 친구의 말에 집중하지 않고 그냥 듣기만 하면 나중에 어떤 이야기를 했는지 기억이 하나도 나지 않는 것처럼, 혹은 수업 시간에 딴생각을 하느라 선생님의 말씀을 주의 깊게 듣지 않으면 공부한 내용이 기억나지 않는 것처럼 말이에요. 어쩌면 분트는 학교 다닐 때 딴생각을 많이 하는 학생이었기 때문에 집중해서 주의하는 것이 얼마나 중요한지 잘 알 수 있었나 봐요.

분트와 그의 제자들은 수많은 실험을 하면서 마음을 연구하는 기초를 다졌어요.

● 관심 영역이 점차 넓어지다

분트는 실험을 중요하게 생각했지만, 실험만을 고집하지는 않았어요. 그는 사람의 복잡한 생각, 언어, 문제 해결 같은 과정은 너무 복잡해서 실험으로는 알아내기 힘들고, 여러 사람이 하는 행동을 잘 관찰해서 알 수 있다고 생각했어요.

분트는 나이가 들어서 언어, 풍습, 민속, 종교, 예술, 전설, 신화 등에 관한 연구를 했는데, 이런 주제에 관한 연구는 실험이 아닌 다양한 관찰과 분석을 통해서 이루어졌어요. 여기에 '민족 심리학'이라는 이름을 붙이고 1912년 《민족 심리학의 기초》라는 책을 출판했어요. 하지만 분트의 이런 생각은 후에 다른 학자들에게서는 중요하게 다뤄지지 않았어요.

분트는 실험으로 사람의 마음을 연구했을 뿐 아니라 새로운 학문인 심리학을 큰 틀에서 체계화하려고 했어요. 하지만 분트의 주장이 너무 자주 바뀌어서 다른 사람들은 이해하기 힘들었고, 내용이 너무 복잡해서 증명하기도 힘들어서 이어지지 못했어요.

● 분트의 유산

분트는 오랜 시간 동안 다양한 연구를 하고, 강의를 하고, 책을 썼어요. 그가 주장했던 많은 이론 중 일부는 시간이 지나면서 사실과 다르다고 밝혀졌고, 더 최신 이론으로 바뀌기도 했어요. 분트가 살던 시기로부터 벌써 100년이나 지났기 때문에 당연한 결과예요.

하지만 분트는 여전히 심리학, 그중에서도 근대 심리학의 창시자라고 불려요. 가장 중요한 이유는 분트가 마음을 다루는 '심리학'이라는 분야를 철학이나 생리학과 구분해서 새로 정립하고, 널리 알렸기 때문이에요. 그는 물리학, 생리학, 화학 등 자연과학이라는 분야에서 사용하는 실험 방법을 인간의 마음, 특히 의식을 연구하는 데 이용했어요.

분트의 실험실에서 공부한 많은 제자는 분트의 방법을 더욱 발전시키고 새로운 연구를 하면서 심리학을 발전시켰어요. 특히 미국에서 유학 온 학생들이 공부

분트의 착시

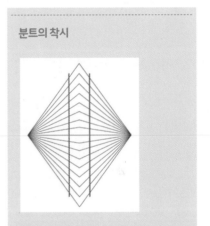

분트는 사람들이 공간을 어떻게 지각하는지에 관한 연구도 많이 했어요. 착시(눈의 착각) 현상도 분트가 발견했답니다. 왼쪽의 그림을 보면 가운데 두 개의 빨간 선이 휘어진 것처럼 보이죠? 실제로 두 선은 서로 곧게 뻗어서 평행하답니다.

를 마치고 돌아가 미국 심리학의 기초를 만들었어요. 당시 미국 대학은 새로운 학문을 열심히 받아들였어요. 그래서 이후 심리학은 미국에서 크게 발전하게 됩니다.

분트는 '마음을 과학적으로 연구한다'는 심리학의 주요 목표를 세상에 제시했고, 그의 실험실과 연구 방법은 이후 50년 이상 심리학의 본보기가 되었답니다.

요즘 심리학과는 동떨어진 분트의 생각들

심리학의 창시자로 널리 알려진 분트지만, 그의 주장 중에 어떤 것들은 요즘 심리학과는 동떨어졌어요. 분트는 평생 심리학을 실용적인 문제 해결에 활용하는 것에 반대했어요. 그의 제자 중 한 명이 '교육' 분야에 심리학을 활용하자, 분트는 제자가 자신을 배반했다고 생각할 정도였어요. 요즘은 심리학의 많은 부분이 실제 사람의 문제, 사회의 문제를 해결하는 곳에도 쓰인답니다.

또한 '내성법'을 자신의 실험실이 아닌 다른 곳에서 사용하는 것을 싫어했어요. 그는 다른 사람들은 '내성법'을 정확히 쓸 줄 모른다고 생각한 거죠. 분트는 다른 연구소에서 한 '내성법'을 사용한 실험을 모조품이라고 경멸했어요.

분트는 아이들을 대상으로 하는 심리학 연구에도 반대했어요. 아이들은 시키는 대로 하지도 않고, 내성법으로 정확히 자기 느낌을 이야기하지 못했거든요. 그래서 아이들을 대상으로 한 연구는 진짜 심리학이 아니라고 생각했어요. 하지만 20세기에는 아이들을 대상으로 하는 심리학이 크게 발전해요. 억지로 무엇을 시키지 않고 재미있게 놀게 하면서도 아이들의 마음을 정확히 관찰하는 방법들이 많이 생겨났기 때문이에요.

분트는 동물 실험의 중요성은 인정했지만 자신의 실험실에서는 하지 않았어요. 왜 그런지 알겠죠? 동물에 내성법을 쓸 수는 없기 때문이었어요.

다양한 관점으로 마음을 보다

윌리엄 제임스

William James

· 1842~1910 ·

독일에서 분트가 '과학으로서의 심리학'을 널리 알리고 있을 때, 미국의 저명한 심리학자이자 철학자인 윌리엄 제임스는 '심리학은 과학이 아니다'라고 생각하고 있었어요. 윌리엄 제임스는 분트의 실험실에서 밝혀진 심리학 연구 결과를 높이 평가했지만, 그 자신은 실험을 아주 싫어했답니다. 이후 심리학이 발전하는 데 어마어마한 영향을 주는 위대한 학자는 왜 실험을 싫어하고, 심리학은 과학이 아니라고 생각했을까요?

● 화가가 되고 싶었던 소년

　윌리엄 제임스는 1842년 미국 뉴욕에서 태어났어요. 아일랜드에서 미국으로 이주해 온 제임스의 할아버지는 매우 뛰어난 사업가였고 열심히 일해서 많은 돈을 벌었어요. 그래서 제임스의 아버지는 평생 특별한 직업을 갖지 않고 신학과 철학을 공부하고, 책을 쓸 수 있었어요. 그는 미국의 교육 환경을 못마땅하게 생각해서 아들과 딸을 유럽에서 공부하게 했어요.

제임스는 아버지의 교육 방식에 따라 미국, 영국, 프랑스, 스위스, 독일 등에서 학교를 다녔고, 여러 나라의 유명한 박물관과 미술관도 두루 경험했답니다. 이 결과 그는 5개 국어에 능통했고 역사, 문화, 예술에 대해 깊은 이해를 할 수 있었어요. 제임스의 집에는 당시 유명한 시인, 철학자, 문학가가 모여 이야기를 나누고는 했어요. 제임스는 이들과 많은 이야기를 나눌 수 있었어요. 제임스의 아버지는 자상하고 너그러웠으며, 매일 저녁 식사 시간마다 아이들과 여러 가지 주제로 토론하는 것을 좋아했어요.

제임스는 원래 화가가 되고 싶었어요. 하지만 아들이 과학이나 철학을 공부하기를 기대했던 아버지는 허락하지 않았어요. 가족과 함께 잠시 유럽으로 이주해서 제임스가 화가의 길을 가지 못하도록 막기도 했답니다. 하지만 제임스가 화가의 꿈을 포기하지 않았기 때문에 결국 아버지도 그림 공부를 허락했어요. 제임스는 본격적으로 그림 공부를 시작했지만 6개월 정도 지난 후 스스로 화가가 되는 것을 포기해요. 스스로 화가로서의 자질이 부족하다고 느꼈고, 아버지의 기대를 저버리는 것도 부담스러웠기 때문이에요. 제임스는 하버드 대학에 입학해서 화학을 공부해요.

● 학문의 길로 들어서다

화학 공부를 시작하기는 했지만, 제임스는 실험실의 지루한 일과에 싫증이 났어요. 그래서 당시 인기가 많았던 생리학으로 전공을 바꿔요.

집안이 부유하기는 했지만, 아버지가 돈을 벌지 않고 계속 쓰기만 해서 제임스는 언젠가는 수입을 얻을 수 있는 직업을 가져야 한다고 생각했어요. 그래서 의과대학에 가서 의사가 되려고 하지만 특별히 재미를 느끼지 못했어요. 그는 공부를 잠시 멈추고 몇 년 동안 아마존강 유역을 여행하면서 자연과 생물을 관찰했어요.

다시 학교로 돌아온 제임스는 건강이 매우 나빠져 있었어요. 등이 아프고, 눈도 잘 보이지 않았고, 소화불량에 시달렸으며 자살 충동까지 느꼈어요. 제임스는 휴식을 위해 약 2년 동안 프랑스와 독일에서 지냈어요. 제임스는 치료를 받으면서 헤르만 폰 헬름홀츠와 같은 유명한 생리학자들 밑에서 공부도 했어요. 이 시기에 많은 학자와 교류하면서 새로운 학문인 심리학을 알게 되었어요.

27세가 된 제임스는 다시 미국으로 돌아와 의과대학을 졸업해요. 하지만 여전히 건강이 회복되지 않았기 때문에 환자를 치료하는 일은 못했어요. 대신 심리학을 열심히 공부했답니다.

● 마음의 위기를 맞다

1870년, 28세가 된 제임스에게 어느 날 갑자기 불안과 우울함이 찾아와요. 나중에 그가 쓴 책《종교경험의 다양성》에서는 당시 상황을 이렇게 이야기해요.

> "어느 날 저녁, 논문을 정리하고 있을 때 갑자기 사방이 어두워지고 내 존재에 대한 극심한 공포가 나를 사로잡았다. 동시에 내 마음에 과거 정신병원에서 봤던 간질 환자의 이미지가 떠올랐다. 온종일 무릎에 턱을 받치고 앉아 벽을 바라보고 있는 그 모습이 바로 나 같았다. 공포가 밀려왔고 온 세상이 다 변해 버렸다. 매일 아침 삶이 불안하다는 두려움에 깨어났다."

이러한 공포와 불안 증세가 나타난 후 제임스는 몇 달 동안 아무것도 할 수 없는 심한 무기력에 빠져 있었지요. 하지만 독서를 하면서 이 위기를 극복할 수 있었다고 해요. 그를 다시 일어날 수 있도록 한 것은 '자유 의지free will'에 대한 믿음이었어요. 내가 상황을 내 뜻으로 선택할 수 있다는 믿음, 내가 세상에 존재하고 있으며 무엇인가를 만들어 낼 수 있다는 믿음이에요. 이 자유 의지는 이후 제임스의 심리학 이론의 아주 중요한 요소로 등장해요.

● 심리학의 토대를 닦다

1872년, 서른 살이 된 윌리엄 제임스는 하버드 대학교에 초대되어 생리학을 가르치기 시작하고 이후 45년간 쭉 그곳에서 일해요. 처음에는 생리학 교수로 부임했지만, 1875년 심리학 강의를 개설하고 작은 실험실을 열어 심리학을 연구해요. 바로 이곳에서 심리학 역사에 길이 남을 명작을 쓰기 시작한답니다. 처음 책을 쓰기 시작했을 때만 해도 3년 정도면 책을 완성할 것이라 생각했지만, 12년이 지난 1890년에야 비로소 책이 완성돼요. 이렇게 탄생한 《심리학 원리Principles of Psychology》는 지금도 심리학에 관심을 가진 사람이라면 누구나 알고 있는 훌륭한 책이에요.

1889년 윌리엄 제임스는 하버드 대학의 '심리학 교수'가 되었어요. 당시 미국에는 제대로 된 심리학 강의가 없었어요. 그래서 윌리엄 제임스 역시 심리학 강의를 들어본 적이 없었어요. 제임스는 "내가 처음으로 들어본 심리학 강의는 바로 내가 강의한 것이다"라고도 말했어요.

그 후 20여 년 사이에 미국 수십 개의 대학에서 심리학을 가르치기 시작했어요. 심리학자들이 모이는 학회가 만들어지고 심리학 관련 잡지도 발간되기 시작했어요. 이처럼 미국에서 심리학이 퍼져 나간 이유는 독일에서 심리학을 공부하고 돌아온 학자들이 많아졌기 때문이기도 하지만, 윌리엄 제임스의 강의와 그가 쓴 《심리학 원리》가 사람들에게 널리 읽혔기 때문이에요.

윌리엄 제임스는 분트와 거의 비슷한 시기에 심리학 실험실을 열었어요. 그는 실험에 장점이 많다고 인정했지만, 실험하는 것을 매우 지겨워했다고 해요. 처음 대학에 입학해서 화학을 공부할 때 실험실에서 지루한 일들을 반복하는 데 질렸던 것처럼 말이에요. 그래서 실험실에서는 하루에 두 시간 이상의 시간을 보내지 않았어요. 친구들에게도 종종 실험 기구를 다루고 계산하는 것이 끔찍하다고 털어놓았어요. 하지만 중요한 사실을 입증하기 위한 실험에는 아주 열심히 참여했어요.

책을 읽고, 다른 학자들과 토론하고, 자신의 마음을 관찰하면서 윌리엄 제임스는 여러 가지 중요한 생각을 떠올렸어요. 제임스는 분트가 사용한 '내성법'과는 다른 방법으로 자신의 마음을 관찰했어요. 그는 내성법으로 마음의 기본 요소를 분리해 내는 것은 불가능하다고 생각했어요. 제임스는 마음을 눈송이에 비유해서 다음과 같은 예를 들었어요.

"눈송이를 구성하는 얼음 결정이 손에 닿는 순간 사라져 버리고 물이 되는 것처럼, 마음을 구성하는 요소를 알았다고 생각하는 순간 그것은 이미 다른 것이 되어버린다."

제임스는 심리학에 대한 중요한 아이디어를 개인적인 성찰, 행동에 대한 관찰과 해석, 자신의 체험을 통해 얻었어요.

윌리엄 제임스가 쓴 《심리학 원리》는 분량이 4만 페이지나 됐어요. 그래서 제임스는 책을 출간한 후에도 2년 동안 이 책을 학교에서 교과서로 쓰기에 적당한 양으로 줄이는 작업을 했어요.

《심리학 원리》는 출판되자마자 커다란 성공을 거두었어요. 내용도 훌륭했지만, 일상생활에서 모두가 겪는 여러 가지 구체적인 예시를 들어 어렵지 않게 설명했기 때문에 심리학을 모르는 일반인들에게도 인기가 많았답니다.

● 심리학 너머

《심리학 원리》를 줄인 '지미'를 완성한 후 제임스는 심리학이 좀 지겨워졌어요. 그래서 교육과 종교, 철학 등 다른 분야에도 그의 창조적인 노력을 기울이기 시작했답니다. 제임스는 특히 종교에서 겪을 수 있는 다양한 경험이 사람들의 삶에 어떤 영향을 미치는지 관심이 많았어요. 이렇게 탄생한《종교적 경험의 다양성》이라는 책 역시 지금까지도 많은 사람이 즐겨 읽는 명작이에요.

그는 학문이나 과학으로 받아들여지지 않는 주제에도 관심이 많았어요. 흔히 '초자연적 현상'이라고 불리는 것인데요. 영혼, 텔레파시, 예언처럼 합리적으로 설명할 수 없는 일들을 일컬어요.

제임스는 사후 세계가 궁금했어요. 한번은 죽어가는 친구의 옆방에서 기다리다가 그 친구가 죽은 후 영혼과 대화를 시도해 보기도 했어요. 물론 실패했지만요. 이처럼 제임스는 사람들이 체험하는 다양한 현상에 편견을 갖지 않고, 가능한 과학적이면서 합리적인 해답을 찾으려 했어요. 사람들이 초자연적 현상을 경험하는 이유는 그 안에 무엇인가 있기 때문이라고 생각했어요. 하지만 그도 답을 찾지는 못했답니다.

1898년 56세의 제임스는 등산 도중 무리를 해서 심장에 문제가 생겼어요. 그 이후 평생 심장이 좋지 않았지요. 평소 좋지 않았던 건강 상태가 점점 나빠져서 1907년에는 대학을 그만둬요. 이후 3년 동안 철학에 관한 책을 두 권 더 쓰지만 1910년 68세의 나이로 세상을 떠나요.

● 내 마음은 흐른다

분트는 사람의 마음, 특히 복잡한 마음을 이해하기 위해서는 마음을 이루는 기본 요소들을 나누고, 그 요소들이 어떻게 연결되는지를 알아봐야 한다고 생각했어요. 이런 생각들을 '구성주의'라고 불러요. 하지만 제임스는 다르게 생각했어요.

윌리엄 제임스는 마음을 흐르는 강물 같다고 생각했어요. 흐르는 강물은 조각조각 분해할 수 없어요. 사람의 마음도 기본 요소로 분해되지 않고, 경험과 시간에 따라 자연스럽게 변화한다는 거예요. 이것을 '사고의 흐름The Stream of Thought', 또는 '의식의 흐름The Stream of Consciousness'이라고 해요. 이런 사고의 흐름은 과거 경험과 현재 상황, 그리고 앞으로 생길 일을 예상해서 내가 어떤 행동을 할지를 정해요.

우리는 마음의 흐름을 언제나 의식하지는 못해요. 하지만 마음은 계속 흐르고 있어요. 잠이 들면 의식이 중단된 것처럼 느껴지지만 아침에 일어나면 자연스럽게 내 마음이 계속 이어지고 있다는 것을 알 수 있죠? 또 어제의 나와 오늘의 나, 그리고 내일의 나도 같으리라 생각해요. 이 흐름은 사람마다 달라요. 내 마음은 나만의 것이고 다른 사람과는 달라요. 다른 사람과는 다른, 항상 이어지는 내 마음, 이것을 '자아self'라고 불러요.

● 마음이 무엇인지보다 어떤 일을 하는지가 중요하다

제임스는 사람의 마음이 환경에 적응해서 잘 살아가도록 오랜 시간 동안 진화했다고 생각했어요. 그래서 마음을 제대로 이해하기 위해서는 마음이 어떤 일을 하는지 아는 것이 중요하다고 보았어요. 수소와 산소 원자가 결합한 것이 물이라는 사실을 아는 것보다, '물을 마시면 목마름이 없어진다', '물을 얼리면 얼음이 되는데 얼음으로 생선을 상하지 않게 보관할 수 있다', '물을 끓여서 세균을 없앨 수 있다'처럼 물의 기능을 아는 것이 더 쓸모 있다는 거죠.

마음의 요소보다 마음이 무엇을 하는지, 즉 마음의 기능에 더 큰 관심을 기울이는 것을 '기능주의'라고 해요. 잠깐 이전으로 돌아가 봐요. 분트는 심리학을 실용적으로 이용하는 것에 반대했었죠? 하지만 마음을 활용하는 일에 관심을 가진 제임스와 다른 학자들은 심리학이 다양한 방면에서 활발히 활용되도록 했어요. 특히 제임스는 사람들을 가르치는 것을 연구하는 '교육학'과 마음을 건강하게 유지하는 '정신건강'의 발전에 크게 이바지해요.

● 마음이 먼저? 몸이 먼저?

잘 알려진 제임스의 심리학 이론은 '정서Emotion'에 관한 것이에요.

정서란 기쁨, 놀람, 공포, 슬픔 등 우리가 느끼는 마음의 상태예요. 마음의 상태가 달라지면 몸의 상태도 달라져요. 혼자서 밤에 무서운 영화를 보다가 깜짝 놀라면 가슴이 철렁 내려앉는 느낌이 들죠? 이때 눈동자가 커지고, 맥박과 호흡은 빨라지고, 식은땀이 나며, 소름도 돋아요. '공포'라는 정서에 대한 우리 몸의 반응이에요.

갑자기 숲속 길에서 큰 곰을 만나면 공포에 질려 달아나기 시작할 거예요. 사이가 나쁜 친구가 나를 계속 놀려대면 화가 나서 소리를 지를지도 몰라요. 공포나 화냄 같은 정서를 느끼고, 몸이 따라 반응한다고 흔히 생각할 수 있지요. 하지만 제임스는 반대로 생각했어요.

곰을 보다 (공포의 대상 출현)

달아나다 (몸이 먼저 반응한다)

놀람과 공포 같은 정서를 느낀다

제임스는 우리가 어떤 대상(곰이 나타남, 사이 나쁜 친구가 놀림)을 알게 되면 먼저 몸이 반응하고, 다음에 우리의 마음이 몸의 반응과 변화를 '정서'로 이해한다고 주장했어요. 공포를 느껴 달아나는 것이 아니라, 달아나는 것을 공포로 해석하고, 화가 나서 소리를 지르는 것이 아니라 소리를 지르는 나의 행동을 화가 난 상태라고 느끼는 것이죠.

비슷한 시기에 덴마크의 심리학자 칼 랑게도 같은 주장을 했어요. 두 사람이 함께 연구한 적은 없었지만, 한데 묶어 정서에 대한 '제임스-랑게 이론'이라고 불러요. 이 이론은 당시 상식과 반대되는 것이어서 많은 논란을 불러일으켰답니다.

제임스-랑게 이론은 부족한 점이 많다고 밝혀졌지만 지금도 활용되고 있어요. 마음의 문제를 고쳐주는 심리치료사들은 극심한 공포와 불안을 느끼는 환자들에게 몸의 긴장을 푸는 연습을 시켜 공포와 불안을 약하게 하는 효과를 거두었어요.

● 습관 고치기

제임스는 어떤 행동은 두뇌에 길처럼 흔적을 남기는데, 반복할수록 그 흔적이 깊고 뚜렷해진다고 했어요. 이것이 '습관'이에요. "아침에 늦게 일어나는 습관을 고쳐라", "공부하면서 딴짓하는 습관을 고쳐라"와 같은 잔소리를 듣기도 하죠? 습관이란 어떤 행위를 오랫동안 되풀

이하는 과정에서 저절로 익혀진 행동 방식을 말해요. 습관이 반드시 나쁜 것은 아니에요. 좋은 행동이 습관이 될 수도 있으니까요. 빨간 불에서 멈춰 서거나, 외출했다가 집에 돌아오면 손을 씻는 것은 좋은 습관이에요.

제임스는 나쁜 습관을 고치거나, 새로운 습관을 갖기 위해서는 처음에 아주 엄격하게 규칙을 지키는 것이 중요하다고 생각했어요. 며칠을 잘 했어도 한 번이라도 어기면 그동안의 노력이 다 헛수고가 되기 때문에 새로운 습관이 두뇌에 뚜렷한 흔적을 남길 수 있을 때까지는 규칙을 꼭 따라야만 한다는 거예요. 그런데 혼자서 결심하는 것만으로는 어려워요.

게임에만 몰두하는 습관을 고치려면 컴퓨터에서 게임을 모두 지워야 해요. 너무 늦은 시간까지 스마트폰을 사용하는 습관을 고치려면 밤에는 스마트폰을 손에 닿지 않는 곳에 둬야 해요. 환경을 바꿔서 행동이 달라질 수밖에 없도록 하는 거예요. 또 주위의 친구나 가족에게 자기 결심을 널리 알려야 해요. 주위에 널리 알리면 자신의 행동을 일관되게 유지하려고 하는 동기가 생겨나요. 이런 식으로 하면 규칙을 지켜 새로운 행동을 습관으로 만들기 쉬워져요.

● 카멜레온 같은 천재

윌리엄 제임스가 한 일을 정리하기는 어려워요. 심리학뿐 아니라 교육학, 철학, 나아가서는 초자연적 현상에 이르기까지 관심사가 다채로웠기 때문만은 아니에요. 심리학 분야에서도 그의 주장은 일관되지 않은 것도 있었어요.

어떤 때는 엄격한 과학자로서 마음을 합리적으로 분석하기도 했지만, 또 다른 때에는 '의식의 흐름', '자유 의지'와 같이 실험으로 밝혀낼 수 없는 것들을 강조했지요. 하지만 이런 불일치가 오히려 그의 장점이 되었어요. 그는 다양한 입장에 서서 끊임없이 질문을 던지고 직접 답을 찾기 위해 노력했어요.

일반적으로 특정 학자가 주장한 이론에 찬성하는 사람들이 모여 이론을 계속 발전시켜 나가면 '학파(학문의 흐름)'가 만들어져요. 제임스는 현대 심리학의 거의 모든 부분에 영향을 주었지만 다양한 분야에 널리 퍼져 있어 소위 제임스 학파나 집단은 만들어지지 않았어요. 또한, 그는 심리학을 추상적이고 어려운 과학이 아닌 보통 사람의 관심사에 대해 직접 이야기하는 식으로 설명했어요. 그래서 그가 쓴 책은 실생활과 관련이 깊고 이해하기도 쉬웠지요.

제임스는 심리학이 다른 분야에 널리 이용되도록 하는 데 크게 이바지했어요. 특히 심리학의 원칙을 교육에 적용하는 데 관심을 기울였어요. 교육과 관련된 책도 쓰고, 강연도 많이 했어요. 또 미국의 정신 보건

위원회에서 일하면서 정신과 병원을 만들고, 마음의 병을 치료하는 전문가를 훈련하는 데 힘을 쏟기도 했어요.

그는 인간이 '의지'를 가지고 노력하면 스스로 운명을 개척할 수 있는 존재라고 믿었어요. 그는 이렇게 이야기했어요.

"우리 인간은 좋든 나쁘든 운명을 자신의 손으로 직접 만든다."

"술을 계속 마시면 주정뱅이가 되는 것처럼, 수많은 작은 행동과 노력을 통해 우리는 도덕의 영역에서 성자가 될 수 있고 과학의 영역에서 권위자가 될 수 있다."

1977년 미국의 심리학자 모임에서는 윌리엄 제임스를 '우리를 탄생시킨 아버지'라고 평가했어요. 윌리엄 제임스는 다양한 분야에 관심을 가지고 끊임없이 자기 생각을 발전시킨 위대한 사람이었어요.

또 다른 정서 이론, 캐논-바드 이론

월터 캐논   필립 바드

　미국의 생리학자인 월터 캐논Walter Cannon과 그의 제자인 필립 바드Philip Bard
는 제임스-랑게 이론에 반대했어요. 가장 큰 이유는 정서를 느끼는데 걸리는 시
간이 매우 짧다는 점이에요. 이들의 주장은 '캐논-바드 이론'이라고 해요.

　제임스-랑게 이론처럼 생리적인 반응 다음 정서 변화가 뒤따른다면 시간이
걸릴 거예요. 그런데 정서 경험은 아주 빠르게 일어나요. 그래서 캐논과 바드는
생리적 변화를 느끼지 못해도 정서 변화가 일어난다고 생각했어요.

　캐논과 바드는 실험을 통해 동물의 척수를 절단해 생리적 변화를 알지 못할
때도 정서 표현이 가능하다는 것을 관찰했어요. 또 캐논은 사고로 척수가 손상
된 환자들이 신체가 마비되었음에도 감정을 사고 이전과 똑같이 느낀다는 사
례를 찾았지요. 최근에는 사고 때문에 얼굴이 마비되어 얼굴을 움직이지 못하
고 얼굴에 아무런 느낌을 느끼지 못하는 환자도 정서를 느끼는데 사고 이전과

아무 차이가 없다는 사례도 나왔어요.

　이런 예시들은 제임스-랑게 이론보다 캐논-바드 이론이 옳다는 증거에요. 하지만 캐논-바드 이론이 틀렸다는 증거도 있답니다.

　심리학 이론 중 어느 것이 맞고 틀린지 재판에서 판결하듯 정하기는 어려워요. 증거를 찾아서 서로 견주다가 증거가 점점 쌓여 한쪽이 우세해지면 그 이론이 옳은 이론, '정설'이 된답니다. 정설이 아니라고 틀린 것은 아니에요. 언제라도 다른 증거가 나오면 정설이 바뀔 수 있어요.

인간 본성을 재발견하다

지그문트 프로이트

Sigmund Freud

· 1856~1939 ·

세상에서 제일 유명한 심리학자는 누구일까요? 사람들에게 제일 먼저 떠오르는 심리학자를 꼽으라고 할 때 1등을 차지하는 사람은 지그문트 프로이트랍니다. 프로이트는 어떻게 이렇게 유명해졌을까요?

프로이트는 '사람은 어떤 존재인가'에 대해 새로운 답을 제시했어요. 서양에서는 오랫동안 마음이 합리적이고 이성적으로 판단하며, 사람은 마음의 판단에 따라 행동한다고 믿어왔어요. 하지만 프로이트가 이 믿음을 깨뜨렸어요.

프로이트에 대한 사람들의 평가는 크게 나눠져요. 한편에서는 20세기에 가장 위대한 학자라고 칭송받기도 하지만, 다른 한편에서는 과학자가 아닌 일종의 '사기꾼'이라는 비난을 받기도 하지요. 이제부터 프로이트의 삶과 생각에 대해 알아볼게요.

● 가난한 유대인 집안에서 보낸 어린 시절

지그문트 프로이트는 1856년 모라비아(지금의 체코)의 프라이베르크에서 태어났어요. 아버지는 여기저기 돌아다니면서 물건을 파는 가난한 유대인 장사꾼이었어요. 부모님과 어린 여동생까지 네 식구가 단칸 셋방에서 살았어요. 프로이트가 네 살 때는 오스트리아의 빈으로 이사를 해요. 그곳에서 아버지의 장사가 조금 나아지기는 했지만, 동생들이 줄줄이 태어나 가난을 벗어나기는 어려웠어요. 이때의 기억 때문인지 프로이트는 평생 돈과 관련된 문제에 예민했다고 해요.

당시 유대인은 유럽에서 박해를 받았어요. 나라에서 지정한 지역에 모여 살아야 했기 때문에 원하는 곳에서 살 수도 없었고, 상급 학교 진학도 못했어요. 프로이트의 가족 중에서도 고등학교를 졸업한 사람이 없었답니다. 1860년이 되어서야 비로소 유대인들이 원하는 곳에서 살고, 김나지움에 갈 수 있게 되어요.

프로이트가 태어날 때 마을의 어떤 아주머니가 '그 아이는 커서 위대한 인물이 될 것'이라고 예언했다고 해요. 부모님은 프로이트에게 그 일화를 자주 이야기해 주었지요. 그래서일까요? 프로이트는 자신감이 넘치는 매우 야심만만한 학생이 되었고, 공부에 집중하기 어려운 가정 형편에도 불구하고 열심히 공부를 해서 김나지움을 1등으로 졸업했어요.

당시 유대인들은 직업도 마음대로 정하지 못했어요. 고등교육을 받은 유대인이 택할 수 있는 직업은 '법률가' 아니면 '의사' 뿐이었어요. 김나지움에서 공부를 하면서 과학에 관심이 생긴 프로이트는 의사가 되기 위해 1873년에 빈 의과대학에 진학해요.

● 스승을 만나다

하지만 의학은 프로이트의 마음을 사로잡지 못했어요. 대신 프로이트는 생리학자로 이름을 날리고 있던 빌헬름 본 브뤼케를 만난 뒤 본격적으로 과학자의 길을 걷기 시작해요. 프로이트는 1877년부터 1883년까지 약 8년 간 브뤼케의 제자로 생리학을 연구해요. 브뤼케도 똑똑한 제자를 정성을 다해서 가르쳐요.

브뤼케는 프로이트에게 단순히 학문을 가르치는 스승 이상이었어요. 프로이트는 자상하고 따뜻한 성품의 브뤼케를 아버지처럼 생각했지요. 훗날 프로이트는 브뤼케를 자신의 평생 동안 가장 큰 영향을 미친 사람이라고 회상했어요.

동물을 해부하고, 현미경으로 신경세포가 어떻게 연결되는지 관찰하는 등 생리학 연구에 흠뻑 빠진 프로이트는 생리학자가 되고 싶었어요. 하지만 브뤼케가 반대했어요. 가장 큰 이유는 돈 문제였어요. 당시 과학자가 되기 위해서는 따로 돈을 벌지 않고 공부만 할 수 있을 만큼 여유가 있어야 했어요. 과학자는 십년 이상 연구를 해서 명성을 쌓고 유명한 대학의 교수가 되어야만 비로소 수입이 생겼답니다. 프로이트에게는 현실적으로 불가능한 길이었어요. 결국 프로이트는 생리학자가 되는 꿈을 포기하고 의대로 돌아가요.

● 의사가 되다

프로이트는 1881년 의대를 졸업하고 의사가 되었어요. 의사가 된 다음 해 여동생의 친구인 마샤 버네이즈를 만나 사랑에 빠져요. 프로이트는 마샤와 결혼을 하고 싶었어요. 결혼해서 가족을 부양하기 위해서는 빨리 의사로 돈을 벌어야 했지요.

> **신경과와 정신건강의학과**
> 신경과는 두통, 마비, 뇌졸중, 뇌종양 등과 같이 뇌와 신경에 이상이 생겨 나타난 질병을 치료하는 곳이에요. 약물이나 주사로 치료하는 곳을 신경과, 수술로 치료하는 곳을 신경외과라고 불러요.
> 정신건강의학과는 신경 자체에는 손상이 적거나 없지만 나타나는 우울증, 신경과민, 조현병 등을 진단하고 치료하는 곳이랍니다.

프로이트는 생리학과 관련이 깊은 '신경과'를 전공으로 택해서 빈 종합병원으로 가요. 그곳에는 뇌 해부학의 대가인 테오도르 메이너트 선생이 있었고, 프로이트는 그에게서 수련을 받아요. 3년의 수련을 거친 후 프로이트는 뇌 손상과 뇌 질환 진단을 하는 데 능숙해져요.

프로이트는 행복한 가정을 꾸

리기 위해 위해 병원에서 열심히 일해요. 마샤는 함부르크라는 다른 도시에서 살고 있었기 때문에 두 사람은 거의 매일 편지를 주고받으며 미래를 계획해요.

● 마음 탐구에 눈을 뜨다

프로이트가 사람의 마음에 본격적으로 관심을 가지기 시작한 것은 같은 병원에 근무하던 동료 조제프 브루어 덕분이에요. 브루어는 유명한 신경생리학자이자 의사로, 프로이트보다 나이가 14살이나 많았어요. 두 사람은 나이 차이에도 불구하고 친한 친구가 되었고 프로이트는 브루어의 집에 자주 놀러 갔어요.

1882년, 브루어는 자신의 환자 한 명에 관해 프로이트에게 이야기해요. 히스테리 증상으로 고통 받는 젊은 여성 환자였어요. 나중에 안나오Anna O라는 가명으로 알려지게 된 여인이에요. 안나 오는 식욕이 없고, 온몸에 힘이 빠지고, 오른팔이 마비되고, 심하게 기침을 했어요. 또 커다란 검은 뱀과 해골이 나타나는 환각, 말을 하지 못하는 증상, 목이 말라도 물을 마시지 못하는 증상을 보이기도 했죠.

브루어는 이 환자에게 가벼운 최면을 걸어 증상이 나타나게 된 이유를 살펴보았어요. 또 마음속에 어떤 단어든 자유롭게 떠올리게 했어요. 스스로 의식하지 못했던 불편한 감정이 나타나면 거기에 관해 이야기하도록 했어요. 안나 오가 오래 전에 강아지가 컵에서 물을 마시는 것을 보고 불쾌하게 느꼈다는 것을 다시 기억해 내자 물을 마시지 못하는 증상은 사라졌어요.

오른팔이 마비된 것은 아픈 아버지를 간호할 때 아버지의 등을 받치고 있다가 팔이 저려서 마비되었던 경험 때문이었어요. 당시의 기억을 다시 떠올리자 마비 증상은 사라졌지요. 브루어는 안나 오의 증상을 하나씩 파헤치고 그 원인을 찾아서 치료했어요.

브루어와 프로이트는 서로 많은 토론을 했고, 이를 바탕으로 1895년 《히스테리 연구》라는 책을 써요. 하지만 안나 오는 완치된 것이 아니고, 단지 증상이 완화된 것이었어요. 치료를 받은 후에도 증상이 다시 나타나고는 했어요. 프로이트는 증상의 원인을 기억해 내는 것뿐 아니라 그 안에 숨어있는 의미를 찾아야 제대로 치료가 된다고 생각했어요.

히스테리

신체에는 이상이 없는데 갑자기 극도로 흥분하거나, 몸이 마비되거나, 경련이 일어나는 등의 증상을 보이는 것을 히스테리라고 해요. 통증을 느끼기도 하고 심한 경우 발작을 일으키고 정신을 잃기도 해요.

꾀병은 아니에요. 꾀병은 아프지 않은데 아픈 척하는 것이지만, 히스테리 증상을 보이는 사람들은 정말로 고통을 경험해요. 마음이 원인이 되어 몸이 아픈 질병의 일종이에요.

● 정신분석의 탄생

1886년 31세가 된 프로이트는 병원을 열고 신경과 전문의로 첫발을 내디뎠어요. 하지만 그를 찾아오는 환자가 별로 없었기 때문에 브루어를 찾아온 히스테리 환자를 소개받아 치료하기 시작했어요. 프로이트는 이 분야를 전문적으로 연구하기 시작했어요. 히스테리 증상을 처음 발견했고, 최면을 활용한 치료의 전문가인 장 마르텡 새코 밑에서 공부하기도 했어요. 프로이트는 몇 년 동안 히스테리 환자에게 최면을 걸어 환자의 충격적인 경험을 기억해내게 한 다음 이를 통해 증상을 치료했어요.

하지만 결과가 항상 좋은 것은 아니었어요. 치료가 된 것 같았다가도 다시 증상이 나빠지고, 하나의 증상이 완화되면 다른 증상이 나타나기도 했어요. 최면에 걸리지 않는 환자는 치료하지 못했고요.

프로이트는 환자가 자기 마음에 떠오르는 말을 마음대로 하도록 하는 것이 감추어진 기억을 떠올리는 데 좋은 방법이라는 것을 알게 돼요. 이 방법은 최

> **안나 오, 가장 유명한 환자**
> 브루어와 프로이트가 쓴 책 《히스테리 연구》로 '안나 오'는 세상에서 가장 유명한 환자가 되었어요. 본명은 베르타 파펜하임이에요. 그녀는 몇 년간 요양소에서 지내야 했지만 마침내 병을 극복했어요. 회복한 후에는 다른 사람들을 도우며 살았어요. 보육원에서 아이들을 돌보았고, 어린 여성들을 보살피는 기관을 운영하기도 했어요. 평생 사회봉사 활동을 적극적으로 했답니다.

면에 걸리지 않는 환자들에게도 쓸 수 있었어요.

환자는 긴 의자에 편안히 누워 눈을 감고, 아무 생각이나 떠오르는 대로 말했어요. 어떤 환자는 아무 말도 하지 않았고, 어떤 환자는 의미가 통하지 않는 말을 떠들었어요. 마음에 숨겨진 기억을 떠올리기는 쉽지 않아요. 스스로 감추고 싶은 기억을 떠올리는 것은 고통스러운 일이기 때문에 환자들이 무의식적으로 고통을 피하려 한다고 프로이트는 생각했어요.

그래서 환자들은 부끄럽거나 고통스러운 기억을 떠올리기보다는, 그것과 연결된 다른 기억의 조각을 생각해 냈어요. 프로이트는 이 조각들에 숨겨져 있는 의미를 찾아내는 것이 치료를 하는 데 중요하다고 보았고, 의미를 찾아내는 과정을 '분석analysis'이라고 불렀어요. 여기에서 '정신분석Psychoanalysis'이 탄생했어요.

환자가 떠오르는 생각을 아무런 제한 없이 마음대로 이야기하면 그 뒤에 숨은 기억이나 생각을 의사나 치료자가 해석하는 이 방식이 '정신분석'의 대표적인 기법이었어요. 정신분석은 히스테리 환자뿐만 아니라 다른 마음의 문제를 가진 사람들에게도 널리 적용되었지요.

정신분석에서는 '꿈'도 중요하게 생각했어요. 프로이트는 꿈이 겉으로 드러나지는 않지만, 우리가 채우지 못하는 것을 나타내는 것이라 보았어요. 그래서 프로이트는 많은 꿈을 분석해서 정신분석의 방법을 탄탄하게 만들어요.

● 스스로 치료하기

　다양한 치료 경험으로 자신감을 얻은 프로이트는 많은 논문과 책을 쓰고 여기저기서 강연을 했어요. 하지만 의학계에서는 프로이트의 이론을 '소설과 같다'라며 의심했어요. 그는 의학계에서 자리를 잡지 못하고 점점 외톨이가 되었어요. 그의 절친한 친구였던 브루어 마저 프로이트의 생각을 받아들이지 않았어요.

　게다가 프로이트 자신도 마음의 병을 앓고 있었어요. 돈이 떨어질까 과도하게 걱정하고, 자신의 건강을 염려하고, 죽음에 집착했으며 여행하는 데 공포를 느껴 다른 도시로 가지도 못했어요.

　프로이트는 자기 자신을 스스로 분석해서 문제를 이해하고 해결하고자 했어요. 자신이 환자인 동시에 치료자가 된 거예요. 프로이트는 자기가 떠올리는 말과 자신이 꾼 꿈을 매일 분석했어요. 그래서 어린 시절 묻어두었던 기억을 되살렸어요. 그는 몇 년에 걸쳐 자신을 분석해서 치료했고, 그 결과 조금씩 좋아졌어요.

● 좌절을 딛고

　프로이트는 40대 중반이 될 때까지도 일이 잘 풀리지 않았어요. 책도 거의 팔리지 않았고, 아무도 그를 알아주지 않았어요. 친한 친구들과도

멀어지면서 그는 점점 더 고립되었고 돈도 얼마 벌지 못해서 생활도 어려웠어요. 하지만 점차 성공의 문이 열리기 시작했어요.

1902년, 프로이트는 빈 대학의 교수가 되었고 생활은 안정되기 시작했어요. 프로이트의 곁에는 그의 주장에 동의하는 몇몇 친구들이 있었지요. 그들은 매주 프로이트의 연구실에서 만나 정신분석을 주제로 토론했어요. 이 친구들이 프로이트의 생각을 주변에 알리기 시작하면서 모임은 점차 커졌고, 나중에는 다른 나라의 학자들까지 모이는 학회로 발전했어요. 자연스럽게 프로이트의 이름이 알려지기 시작했고 그를 찾는 환자도 늘어났어요.

프로이트가 유명해지자 그가 쓴 책도 잘 팔렸어요. 특히 1901년에 출간한 《일상생활의 정신병리학》은 깜박 잊어버리거나, 말이 헛나오거나, 엉뚱한 행동을 하는 등 사람들이 흔히 저지르는 실수를 분석한 내용으로 큰 성공을 거두어서 12개 나라말로 번역되었어요.

1909년, 프로이트는 미국 심리학회의 초청을 받아 미국에서 강연을 해요. 윌리엄 제임스도 이 강연을 무척 감명 깊게 들었다고 해요. 이렇게 프로이트는 국제적으로 유명한 사람이 되었어요. 프로이트의 생각을 따라 치료법과 이론을 발전시키는 사람들도 많아졌어요.

● 성공의 정점에서

프로이트의 명성은 1920~30년대에 최고로 높아졌어요. 사람의 마음이 어떻게 움직이는지에 대한 프로이트의 설명은 심리학뿐 아니라 문학, 철학, 사회학 등 다른 분야에까지 퍼져 나갔고, 신문이나 잡지를 통해서 널리 알려져서 프로이트의 이름은 대중들에게까지 친숙하게 되었지요. 살인 같은 끔찍한 범죄가 일어나면 신문사에서는 프로이트를 초청해서 범인들의 마음을 분석하도록 요청했고, 영화를 만드는 사람도 프로이트에게 도움을 청했어요.

1923년 프로이트는 큰 병을 앓아요. 턱에 암이 생겨 치료를 받는데, 말하는 것과 먹는 것이 힘들 정도로 고통을 받아요. 게다가 1933년 히틀러의 나치가 독일을 지배하면서, 유대인인 프로이트가 쓴 책을 나쁜 것으로 정하고 불태웁니다. 1938년 독일이 오스트리아까지 점령하자 프로이트는 신변에 위협을 느끼고 부인과 함께 영국으로 떠나요.

암이 많이 번져 수술을 할 수 없는 지경에 이르지만, 프로이트는 글을 쓰고 환자를 치료하는 일을 멈추지 않아요. 하지만 병이 너무 깊어져 1938년 9월 23일 세상을 떠납니다. 그는 죽은 후 화장되어 런던에 안치되었어요.

● 마음에 대한 프로이트의 생각

프로이트 이전까지의 심리학은 어떤 대상을 지각하고, 기억하고, 새로운 것을 배우고, 판단하는 것 같이 '의식'할 수 있는 마음을 주로 다뤘어요. 하지만 프로이트는 사람이 '무의식'에 크게 영향을 받는다고 주장했어요.

의식, 무의식, 전의식

프로이트가 '무의식'이라는 개념을 처음 주장한 것은 아니에요. 윌리엄 제임스도 사람에게 '무의식'이 있다고 했어요. 하지만 이 '무의식'은 단지 경험이나 정보를 저장해 두는 곳이고 주의를 기울이면 의식할 수 있다고 생각했지요.

프로이트는 마음이 의식, 전의식, 무의식의 세 가지 층으로 이루어져 있다고 생각했어요. 전의식은 평상시에는 알 수 없지만, 노력을 기울이거나 특별한 계기가 생기면 의식할 수 있는 부분이에요. 무의식은 마음에서 가장 큰 부분을 차지하면서 우리의 행동에 가장 큰 영향을 미치는 강력한 힘을 가지고 있어요. 여기에는 내가 원하는 욕망, 바람이 들어 있어요.

프로이트는 마음을 빙산에 비유했어요. 빙산은 바다에 떠 있는 큰 얼음덩이에요. 그런데 물 위에 나와 있는 부분은 전체 얼음덩이의 일부분이고, 더 큰 부분은 바닷속에 잠겨 있어서 사람들이 눈으로 볼 수가 없어요. 우리의 마음도 빙산처럼 알 수 있는 부분은 일부이고, 알 수 없는 부분이 더 크다고 생각한 것이죠. 이때 알 수 있는 부분이 '의식'이고 모르는 부분이 '무의식'이에요.

무의식은 욕망을 충족시키고 싶어 해요. 배가 고프면 먹고, 탐나는 물건이 있으면 그 물건을 가지고 싶어 해요. 하지만 우리는 자라면서 하고 싶은 대로 다 할 수 없다는 것을 알게 돼요. 내가 갖고 싶다고 다른 사람이 가진 것을 빼앗는다든지, 친구가 싫다고 때리면 안 돼요. 원하는 것을 얻으려 해도 세상에서 통하는 방식으로 행동하는 방법을 배워요. 욕망을 있는 그대로 드러내면 다른 사람들이 비난하거나, 스스로 부끄러울 수 있어서 원래 그대로 모습을 드러내지 못하고, 그럴듯한 모습으로 꾸며서 의식에 나타나요.

우리가 하는 많은 행동이 무의식의 영향을 받는다면 마음이 아픈 환자를 치료하기 위해서는 무의식에서 어떤 일이 일어났는지를 알아야 해요. 그런데 무의식은 알 수 없어요. 알 수 있는 것은 '의식'에 나타난 것뿐이에요. 그래서 프로이트는 의식에 나타나는 말, 꿈, 실수 같은 것을 실마리로 '분석'해서 뒤에 어떤 무의식의 욕망이 숨어있는지를 찾아내면 환자들의 고통을 치료할 수 있다고 믿었어요.

원초아, 자아, 초자아

프로이트는 마음의 구조를 좀 더 확장하고 정교하게 다듬었어요. 마음의 구조를 무의식-전의식-의식으로 구분하는 것은 너무 단순하다고 생각하고 원초아, 자아, 초자아라는 세 가지 구분을 도입했어요.

원초아 id 는 사람이 태어나면서부터 가지고 있는 가장 기본적인 마음이에요. 무의식에 자리 잡고 있으며, 본능적인 욕구를 충족시키기 위해 작동해요. 먹기, 마시기, 배설하기 등과 같은 본능적인 욕구는 살아남기 위해 필수적이에요. 원초아는 이 욕구를 충족시키기 위해서 다른 것은 전혀 신경 쓰지 않아요.

자아 ego 는 원초아의 욕구를 잘 조절하는 역할이에요. 만일 배가 고프다고 다른 사람의 것을 마구 빼앗아 먹는다면 다른 사람들과 함께 살아갈 수 없어요. 그래서 자아는 원초아를 적절하게 조절해서 자신이나 다른 사람에게 피해가 가지 않도록 해요. 자아는 원초아로부터 나타나고, 주로 '의식'에 자리 잡고 있어요.

초자아 superego 는 자아로부터 발전하는데, 옳고 그름을 판단하며 자아를 감시하는 역할을 해요. 우리가 살아가면서 지켜야 하는 윤리적인 규칙, 종교적인 규칙 같은 것이에요.

전쟁터에서 크게 다쳐서 죽어가는 군인이 목이 말라 물을 찾을 때 물을 나눠 주는 것은 '자아'의 입장에서는 불합리해요. 그 군인은 물을 마셔도 살지 못하기 때문에 물을 낭비하는 것이고, 나중에 필요할 때 마실 물이 없으면 자신의 생명이 위태로울 수 있으니까요. 하지만 초자아는 물을 나눠 주도록 해요. 윤리적으로 올바른 행동이기 때문이에요.

그림으로 마음의 구조를 한눈에 볼 수 있어요. 물에 잠겨 있는 부분이 무의식이에요. 파도가 치면 나왔다 들어갔다 하는 부분이 전의식이

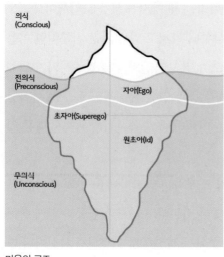

의식
(Conscious)

전의식
(Preconscious)

자아(Ego)

초자아(Superego)

원초아(Id)

무의식
(Unconscious)

마음의 구조

고, 밖으로 나와 있는 부분이 의식이에요. 물에 잠겨 있는 부분을 우리는 알 수 없어요. 원초아는 물에 잠겨 있고, 자아와 초자아는 일부는 물에 잠겨 있고 일부는 물 밖에 나와 있어요.

배가 고플 때 원초아는 먹을 것을 찾아요. 다른 사람의 음식을 훔치든지 뺏든지 어떤 방법으로든 배만 채우면 돼요. 하지만 초자아는 도덕과 규범에 따라 다른 사람의 음식을 훔치거나 뺏지 못하게 막아요. 자아는 원초아와 초자아 사이에서 합리적인 해결 방식을 찾아요. 일을 해서 돈을 번 다음, 먹을 것을 사는 거예요.

● 마음의 병은 왜 생길까?

원초아와 초자아가 원하는 것이 항상 이루어지지는 않아요. 마음을 구성하는 부분들이 서로 갈등할 때 '불안'이 생기죠. 그중에서도 원초아와 자아의 갈등에서 생기는 불안이 마음에 생기는 병의 원인이라고 프로이트는 생각했어요.

배가 고프다고 다른 사람의 음식을 빼앗아 먹으면 부모님이나 선생님께 꾸중을 들어요. 법으로 처벌을 받을 수도 있어요. 원초아가 하고 싶은 대로 하면 다른 사람들에게 피해를 줄 수 있고, 그렇게 되면 주위에서 비난을 받아요. 자아는 이것을 예측할 수 있어서 원초아가 마음대로 하는 것을 막으려고 하는데, 이때 불안이 생겨요.

불안에서 마음을 보호하기 위해 자아는 여러 방법을 동원해요. 원초아의 욕망이 아예 떠오르지 못하게 눌러 버리거나, 그런 적 없는 것처럼 부정하거나, 아니면 욕망을 그럴듯한 말로 포장하기도 해요. 때로는 더욱 의미 있는 일에 노력을 기울여 불안을 없애기도 하죠. 하지만 불안이 해소할 수 없을 만큼 크고, 오래 지속되면 결국 마음의 병이 생겨요. 프로이트의 정신분석은 이 마음의 병을 치료하는 방법이었어요.

● 인류의 사상을 바꾼 프로이트

마음에 대한 프로이트의 주장은 많은 공격을 받았어요. 많은 동료 학자가 그의 이론은 실험을 통해 옳은지 그른지를 증명할 수 없기 때문에 과학적이지 않다고 생각했어요. 정신분석이 환자의 치료에 효과가 있는지 의심하는 사람도 많았답니다. 심리학자들은 프로이트의 이론이 한때는 인기를 끌어도 오래 가지 못할 것이라 생각했어요. 하지만 프로이트 이후에도 여러 학자가 그의 생각을 따라 이론을 발전시켜 나갔어요.

프로이트는 빌헬름 분트나 윌리엄 제임스와 같은 학자들이 "마음은 무엇이며 어떻게 작동하는가"에 관심을 가졌던 것과는 달리, "나는 누구이며 무엇이 나를 이렇게 만들었나?" 같은 문제를 골똘히 생각했어요. 그 결과 사람은 이성적이고 합리적이지 않고, 알 수 없는 욕망에 따라 행동한다고 주장해서 그때까지 사람들이 믿어왔던 '인간은 합리적으로 행동한다'는 기존 상식을 파괴했어요.

프로이트의 주장은 심리학이나 정신의학 분야뿐 아니라 사회 전체에 걸쳐 영향을 미쳤어요. 문학, 철학, 예술, 교육 등 사회와 문화 전체

영국 프로이트 박물관

가 그의 영향을 받았어요. 지그문트 프로이트는 지구가 우주의 중심이 아니고 태양을 중심으로 움직인다는 '지동설'을 입증한 코페르니쿠스, 인간은 창조된 것이 아니라 진화한 것이라고 주장한 찰스 다윈과 더불어 인류의 사상에 가장 큰 변화를 준 사람으로 꼽히기도 해요.

영국 런던에는 프로이트가 살던 집을 박물관으로 꾸며 놓았어요. 프로이트는 오스트리아 빈에서 주로 활동하다가 죽기 1년 전에 런던으로 이주했어요. 오랫동안 살았던 장소는 아니지만, 프로이트가 빈에 살던 집과 거의 똑같이 꾸몄다고 해요. 프로이트와 관련된 예술 작품이 전시되어 있고, 매년 다양한 교육 프로그램이 열리고 있어요.

안나 프로이트, 가족이자 제자 그리고 동료

프로이트는 6명의 자녀를 두었어요. 안나는 그중 막내딸이었답니다. 프로이트는 막내딸을 특히 사랑했다고 해요.

안나는 아버지와 아버지의 친구들로부터 많은 것을 배웠어요. 학교를

안나 프로이트와 지그문트 프로이트

졸업한 후 안나는 선생님이 돼요. 하지만 25세가 되던 해에 선생님을 그만두고 아버지를 따라 정신 분석을 공부하기 시작해요.

안나는 프로이트의 딸이자 제자였지만, 프로이트의 분석 대상이기도 했어요. 프로이트가 쓴 책에는 안나의 사례가 소개되어 있어요. 요즘도 프로이트의 정신분석을 공부하는 사람들은 스스로 분석 대상이 되어야해요.

프로이트가 병으로 고생하는 동안, 안나는 아버지를 돌보면서 정신분석에 관한 공부를 깊게 했어요. 특히 어린이에 대한 분석과 치료에 집중했어요. 그러면서 프로이트가 세상을 뜨는 순간까지 옆을 지켜요.

프로이트가 죽은 후에도 안나는 정신분석가로 활동하면서 아이들을 치료하는 데 헌신해요. 안나는 치료실에 최초로 '놀이'를 들여와, 아이들을 위한 편안한 환경을 만들었어요. 또 아이들을 보호하기 위한 탁아소와 치료하기 위한 진료소도 만들었지요.

위대한 아버지의 딸이자, 제자, 동료였던 안나는 훌륭한 정신분석가로 성장했고, 아동에 대한 분석의 권위자로 이름을 날려요.

산책중인 지그문트 프로이트와
안나 프로이트

동물 연구로 사람의 행동을 이해하다

에드워드 손다이크

Edward Thorndike

⟨ · 1874~1949 · ⟩

19세기 후반, 심리학 연구는 점차 자리를 잡아가고 있었어요. 분트와 제임스처럼 의식할 수 있는 사람의 마음을 다루기도 하고, 프로이트처럼 알 수 없는 무의식의 세계를 탐구하기도 했어요. 그런데 어떤 이들은 동물을 대상으로 마음을 연구했어요.

이들은 병아리가 달콤한 옥수수 알갱이와 쓴 맛 나는 옥수수 알갱이를 어떻게 골라 먹는지, 고양이가 우리에서 어떻게 도망가려고 하는지, 배고픈 개가 먹이를 보고 침을 흘리는 것을 관찰하고 실험했어요.

자기 경험을 우리에게 말해 주지 못하는 동물을 연구하는 것이 어떻게 사람의 마음을 이해하는 데 도움을 줄까요? 동물을 연구하는 것이 과연 '심리학'일까요? 이 질문에 대한 답은 에드워드 리 손다이크와 이반 파블로프가 했어요. 그들은 동물의 행동을 연구해서 우리 마음의 기본 원칙을 밝히려 했어요.

● 윌리엄 제임스의 제자가 되다

손다이크는 1874년 미국 매사추세츠에서 개신교 목사의 아들로 태어났어요. 손다이크는 집에만 붙어있는 수줍음이 많은 얌전한 어린이였어요. 공부하는 것만이 즐거움이었답니다. 엄청나게 똑똑한 손다이크는 항상 1등만 했다고 해요. 1895년 웨슬리안 대학교를 졸업하는데, 졸업 성적이 대학 역사상 가장 뛰어났다고도 해요.

대학 시절 손다이크는 심리학을 좋아하지 않았어요. 멍청한 학문이라고까지 생각했지요. 그런데 윌리엄 제임스가 쓴 《심리학 원리》를 읽어 보고 흥미를 가졌어요. 대학을 졸업한 뒤에는 하버드 대학교 대학원에 들어가서 윌리엄 제임스의 수업을 직접 듣고는 흠뻑 빠져들어 열렬한 신봉자가 되고, 제임스를 스승으로 심리학 연구에 온 힘을 다해요.

하지만 손다이크가 주로 연구한 주제는 제임스의 심리학과는 달랐어요. 그는 닭의 행동을 연구하고자 했어요. 어쩌면 수줍은 성품의 손다이크에게는 사람보다는 동물을 대하는 것이 더 편했을지 몰라요. 제임스는 이 연구를 흔쾌히 승낙했어요. 손다이크는 자기가 살던 하숙집 뒤뜰에 닭장을 만들어 닭을 키웠는데, 닭이 너무 많아져서 쫓겨날 지경이었어요. 이 이야기를 듣고 제임스는 닭을 자기 집 마당에서 기르도록 해 주었어요.

손다이크는 집 앞마당에 여러 개의 길이 나있는 닭장을 설치했어요. 네 개의 길 중에서 세 개의 길은 막혀 있고, 하나의 길 끝에는 닭 모이가 있었어요. 입구에 닭을 풀어 놓으면 닭은 여러 개의 길을 기웃거리며 돌아다니다가 마침내는 모이가 있는 곳까지 갈 수 있었어요. 그런데 계속 반복하다 보면 닭이 모이가 있는 데까지 보다 쉽게 도달했어요. 손다이크는 열심히 닭을 관찰하여 닭의 행동에서 원리를 찾으려 했어요.

손다이크의 실험

● 고양이의 행동으로 심리학의 원리를 밝히다

하버드 대학에 다니던 중 손다이크는 사랑에 빠진 여인과 결혼하고 싶었지만 거절당해요. 사랑을 이루지 못한 충격으로 손다이크는 하버드를 떠나 뉴욕으로 가서 콜롬비아 대학으로 옮겨 공부를 계속해요. 여기서는 고양이의 행동을 주로 연구했어요. 쓰고 버린 과일 상자를 뜯어서 다양한 장치를 만들어요. 그리고 오래된 대학 건물 다락방에서 고양이가 우리에서 어떻게 탈출하는지를 실험했어요.

고양이를 특별한 장치가 되어 있는 우리에 가두고, 우리 밖에는 먹을 것을 두었어요. 고양이는 먹이를 먹기 위해서 밖으로 나가려고 했어요. 그런데 문이 닫혀 있어서 나올 수 없었어요. 문을 열기 위해서는 우리

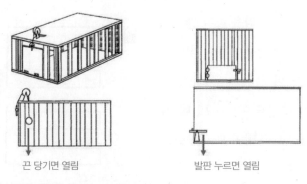

끈 당기면 열림   발판 누르면 열림

고양이가 우리에서 빠져나오기 위해 하는 행동

에 있는 끈을 당기거나 발판을 눌러야 했어요.

그림의 왼쪽 우리는 천장에서 늘어진 끈을 당기면 문 위에 있는 고정핀이 빠져서 문이 열리게 되어 있고, 오른쪽 우리는 발판을 누르면 문 옆에 있는 고정핀이 빠져서 문이 열리는 장치에요. 고양이는 우리 안을 돌아다니면서 몸을 비비기도 하고, 앞발로 여기저기 건드리기도 했어요. 그러다가 우연히 문을 여는 장치를 건드리면 문이 열려서 나올 수 있었어요. 손다이크는 도망 나온 고양이를 다시 잡아서 우리에 넣고 문을 닫았어요. 손다이크는 우리에 갇혔다 빠져나오는 일이 반복될 때 고양이의 행동이 어떻게 변할지 궁금해했어요. 실험을 반복할수록 고양이는 다른 행동을 하지 않고 바로 우리에서 빠져나왔어요.

그래프로 고양이의 행동 변화를 한눈에 볼 수 있어요. 처음에는 고양이가 우리를 빠져나올 때까지 2분 40초가 걸렸는데, 나중에는 6초면 빠져나왔어요.

조금 더 나오기 어렵게 하면 어떻게 될까요? 핀을 두 개 설치한 다음

하나는 끈을 당겨서 빼고, 다른
하나는 발판을 눌러 빼도록 했
어요. 이전과 다르게 고양이들
은 잘 빠져나오지 못했어요. 절
반 정도의 고양이들만 우리에
서 빠져나왔어요.

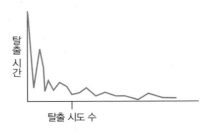

고양이가 우리에서 빠져나오는 시간 변화

손다이크는 다락방에서 고양이를 데리고 실험을 수천 번 거듭했어
요. 고양이는 그리 똑똑하지 않았어요. 복잡한 문제를 풀지 못했지요.
다른 고양이가 성공해서 빠져나오는 것을 보고도 배우지 못했어요. 다
만 우연히 문이 열리게 한 행동을 다음에도 계속한 거예요.

강아지를 훈련하는 방법을 생각해 봐요. '손'하고 손을 내밀면 앞발
을 내미는 강아지가 있죠? 처음에 손을 내밀면 강아지는 무시하기도
하고, 핥아 보기도 하고, 앞발로 건드려 보기도 해요. 우리는 강아지가
손을 앞발로 건드렸을 때 잘했다고 맛있는 간식을 줘요. 강아지는 간식
을 정말 좋아해요. 이 훈련을 반복하면 강아지는 다른 행동보다 앞발을
내미는 행동을 더 많이 해요. 고양이가 우리에서 빠져나와 먹이를 먹으
려고 끈을 당기는 것과 마찬가지예요.

● 효과의 법칙과 연습의 법칙

손다이크는 이것을 '효과의 법칙'이라고 불렀어요. 효과란 목적에 맞는 가치를 주는 거예요. 고양이가 끈을 당기는 것, 강아지가 앞발을 손위에 올리는 것은 먹이를 얻는 목적을 달성하는 데 효과가 있기 때문에 점점 횟수가 늘어나요. 하지만 몸을 비비거나, 핥는 행동은 목적을 달성하는 데 효과가 없기 때문에 점점 약해져요.

또, 하면 할수록 어떤 환경과 연결된 행동은 점점 강해져요. 처음에 우리에서 빠져나올 때까지 2분 40초가 걸리던 고양이도 며칠 동안 실험을 반복하면 우리를 빠져나오는 시간이 점점 짧아져요. 이것을 '연습의 법칙'이라고 했어요.

손다이크는 그동안의 연구 결과를 모아 1911년 《동물의 지능》이라는 책을 출간해요. 이 책은 이후 '행동주의'라고 불리는 심리학의 한 줄기를 만드는 바탕이 돼요.

● 동물 연구 이후

《동물의 지능》을 출간한 후 손다이크는 사람의 지능에 관심을 돌렸어요. 손다이크는 지능은 타고나는 것이기도 하지만 경험으로 달라진다고 믿었고, 지능을 측정하는 방법을 고안하기도 했어요. 손다이크가 만든 방법으로 계산과 같은 능력뿐 아니라 창의성, 그리고 다른 사람과 관계를 잘 맺는 방법도 잴 수 있었어요. 손다이크는 나이가 들면서 지능이 어떻게 변하는지도 연구했어요. 사람의 지능에 관한 손다이크의 연구는 아이를 가르치는 방법을 발전시키는 데 많은 도움을 주었답니다.

손다이크는 1939년 콜롬비아 대학을 은퇴하지만, 74세로 세상을 떠날 때까지 연구하고 글을 쓰는 일을 계속해요.

● 행동이 마음을 대신할 수 있을까?

손다이크는 동물의 행동을 연구해서 새로운 원리를 밝혔어요. 그때까지 심리학자들은 사람을 이해하기 위해 '의식', '사고', '기억' 등을 주로 내성법과 같은 방법으로 탐구했지요. 그래서 손다이크의 연구를 단순히 동물 행동 연구로만 생각하는 사람들이 많았어요.

하지만 다른 심리학자들은 동물 행동의 기본 원칙들로 복잡하고 다양한 사람의 행동을 설명할 수 있다고 믿었어요. 다윈의 진화론처럼 사람과 동물이 서로 연관되어 있고, 우리가 동물의 행동을 이해할 수 있다면 사람의 행동 역시 '마음' 없이도 이해할 수 있다는 거예요. 이 생각은 '행동주의'라는 이름으로 시간이 지날수록 점점 더 발전해요.

파블로프와 개

이반 파블로프

이반 파블로프는 심리학자라기보다는 생리학자였어요. 그는 주로 음식의 '소화' 과정을 연구했어요. 그러다 개가 특이하게 침을 흘리는 현상을 관찰하고, 그 원인을 찾아 사람의 행동을 이루는 기본 법칙을 발견하게 돼요.

파블로프는 러시아의 농촌에서 태어났어요. 목사였던 아버지를 따라 파블로프도 목사가 되려고 했어요. 당시 러시아 황제는 가난하지만 똑똑한 아이들에게 무상으로 교육하는 제도를 만들었고, 파블로프는 이 제도 덕분에 신학을 공부할 수 있었어요. 그러나 신학교를 다니던 파블로프는 다윈의 진화론과 생리학 관련 책을 읽은 후 크게 감명을 받아 신학교를 그만둬요. 대신 성 페테르스부르크 대학교로 가서 생리학을 공부해요.

파블로프는 뛰어난 성적으로 대학을 졸업하고 의사가 되기 위해 공부를 계속해요. 하지만 그는 환자를 직접 치료하는 것보다 생리학 연구를 하는 데 관심이 더 많았어요. 당시 러시아는 과학 분야에서 독일, 프랑스 등 서부 유럽 나라들보다 뒤떨어져 있었어요. 파블로프는 1884년 독일 라이프치히 대학으로 유학을 떠나 3년 동안 공부하면서 새로운 지식을 얻어요.

러시아로 돌아온 파블로프는 연구에만 전념했어요. 연구를 제외한 다른 일에는 무관심했어요. 결혼 후에도 근근이 먹고 살 수 있는 정도의 돈만 벌 수 있었어요. 겨울에는 연료가 떨어져 난로를 피울 수 없어 추위에 떨 정도였답니다. 부인이 춥다고 불평해도 그는 실험을 위해 키우는 나비들이 얼어 죽는 것만 걱정했어요. 하지만 파블로프는 실험실에서만은 매우 엄격하고 정열적인 스타일이었어요. 실험을 돕는 조수들이 실수를 하거나 게으름을 피우는 것을 절대 용서하지 않았다고 해요.

42살에 군사학교의 교수가 되고, 몇 년 후에는 성 페테르스부르크 대학의 교수가 되어 생활이 안정돼요. 파블로프는 이곳에서 살아 있는 개의 소화 작용에 관한 연구를 했고 그 성과를 인정 받아 1904년에는 노벨 의학상을 받아요. 이때까지도 파블로프의 연구는 심리학과는 관련이 없었어요.

실험을 방해한 개의 이상한 행동

파블로프는 개에게 주는 먹이의 양이 많으면 침도 더 많이 흘리는지 알고 싶었어요. 실험을 위해서는 우선 먹이를 먹을 때 흘리는 침의 양을 정확히 측정해야 했어요. 그런데 실험을 하면서 이상한 행동이 나타났어요. 개가 먹이를 가져오는 사람의 발걸음 소리만 듣고도 침을 흘리는 거예요. 정확한 실험을 할 수 없던 파블로프는 처음에는 화가 났지만, 이내 이 현상 자체에 흥미를 느끼고 원인을 밝히려 했어요. 1902년부터 파블로프는 남은 생 전체를 이 현상을 연구하는 데 바쳐요.

파블로프는 개를 묶어 두고 개의 턱에 작은 튜브를 연결해서 침이 밖으로 흘러나오게 한 다음 침의 양을 기록했어요. 개의 눈앞에는 작은 접시를 두고, 작은 접시에 먹이가 자동으로 떨어지게 했어요. 접시에 먹이가 떨어지면 개는 침을 흘리겠죠? 파블로프는 환경을 바꿔 가면서 개가 침 흘리는 현상을 관찰했어요.

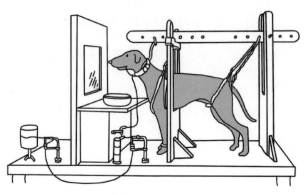

파블로프의 조건 형성 실험

아무 훈련도 받지 않은 개도 먹이가 앞에 나오면 침을 흘리기 시작해요. 이 경우 파블로프는 먹이를 '무조건 자극'이라고 불렀어요. '자극'이란 외부 환경이 어떤 반응이나 행동을 불러일으키는 것이에요. 눈으로 보는 것, 귀로 듣는 것, 코로 냄새 맡는 것 모두 자극이에요. '무조건'이란 자동으로, 항상 생겨난다는 의미예요. 개가 먹이를 앞에 두고 흘리는 침은 '무조건 반응'이라고 불러요. 무조건 자극 때문에 자동으로 나타나는 반응이라는 의미죠.

개에게 먹이를 주기 몇 초 전에 파블로프는 '딸랑'하고 종을 쳤어요. 종소리가 나고 잠시 후 개에게 먹이를 주었고, 개는 먹이를 보고 침을 흘리기 시작했어요. 처음에는 종소리와 개가 침을 흘리는 것은 관계가 없었어요. 하지만 실험을 여러 번 반복하자 개는 종소리만 듣고도 침을 흘리게 되었어요. 이때 파블로프는 종소리를 '조건 자극', 종소리를 듣고 침을 흘리는 것을 '조건 반응'이라고 불렀어요. 조건이란 자동이 아니라 무엇인가 다른 것과 관계되었다는 의미에요. 조건 반응은 조건 자극에 대한 반응이라는 의미고요. 나중에는 먹이가 없어도 종소리만 들으면 개는 침을 흘렸어요.

파블로프는 이 현상을 일종의 '반사'라고 생각했어요. '반사'는 의식하지 못한 채 자동으로 외부 환경에 반응하는 것이에요. 눈앞에 갑자기 공이 날아오면 눈을 감는 것, 무릎 아래를 가볍게 때리면 다리가 움찔하고 위로 올라가는 것이 '반사'예요. 파블로프는 개가 벨 소리를 듣고 침을 흘리는 것이 뇌에서 발생하는 반사라고 생각했어요.

세상에 퍼져 나가다

파블로프는 사람이든 동물이든 새로운 것을 배울 때 자신이 발견한 원리가 적용된다고 생각했어요. 그의 생각은 1927년 《조건 반사》 책이 영어로 번역된 후 전 세계 심리학자들에게 알려졌어요. 1920~1940년 사이 파블로프의 연구를 토대로 사람과 동물의 행동을 탐구하는 연구가 엄청나게 많아졌지요.

파블로프는 1925년 은퇴했지만, 1936년 세상을 떠나기 직전까지도 연구를 계속했어요. 그는 죽어가면서도 제자 한 명을 침대 옆에 앉혀두고 자신의 죽음과 관련된 현상을 기록하게 했답니다. 마지막 순간까지 미지를 탐구했던 집념의 연구자였어요.

마음이 아닌 행동을 탐구하다

존 B. 왓슨

John B. Watson

· 1878~1958 ·

분트는 '내성법'을 사용해서 심리학을 과학으로 만들려 했어요. 프로이트는 알 수 없는 무의식의 세계를 분석해서 사람의 마음을 알아내려고 했지요. 하지만 이 방법이 과학적이지 않다고 주장하는 사람들도 있었어요.

그들은 우리가 아무리 연습을 많이 해도 내성법으로 자신의 마음을 관찰하는 것은 현미경으로 세포의 활동을 관찰하고 망원경으로 태양이나 달의 움직임을 관찰하는 것과 다르다고 생각했어요. 망원경으로 달을 관찰할 때는 누가 봐도 같은 모습이 보이겠죠? 만일 내가 망원경으로 관찰한 달의 움직임이 동생이 망원경으로 관찰한 달의 움직임과 다르다면 달의 궤도를 알 수 없을 거예요. 하지만 내성법으로 관찰하는 '마음'은 사람마다 다르게 볼 수 있다는 거예요.

프로이트가 주장한 무의식도 정말로 있는지, 있더라도 어떻게 겉으로 드러나는지를 객관적으로 알 수 없었어요. 환자가 하는 이야기, 꿈

등을 분석해서 무의식이 어떻게 움직일 것인지 추정할 뿐이죠.

그래서 '내성법'이나 '무의식'은 과학적인 방법이 아니라고 주장하는 심리학자들이 나오기 시작했어요. 손다이크와 파블로프가 했던 동물의 행동에 관한 연구가 시초가 되었답니다. 이들은 '마음'이 아닌 '행동'을 본격적으로 연구하기 시작했고, 그중 가장 대표적인 사람이 존 왓슨이에요.

● 말썽꾸러기였던 어린 시절

존 왓슨은 1878년 미국 사우스캐롤라이나의 시골 마을에서 태어났어요. 아버지는 가난한 농부였고, 왓슨은 평범한 시골 아이였답니다. 그런데 왓슨이 13세가 되던 해에 아버지가 가족을 버리고 집을 떠나버렸어요. 어머니는 생활을 꾸려나가기 위해 시골 농장을 팔고 그린빌이라는 근처의 작은 도시로 이사했어요.

왓슨은 선생님의 말씀을 잘 듣지 않는 게으른 학생으로, 매번 낙제를 면치 못했어요. 다른 학생들로부터 아버지가 없는 시골뜨기라고 놀림을 받기도 했어요. 왓슨은 친구들과 자주 싸우고, 다른 사람을 때려서 경찰에도 두 번이나 잡혀갔어요. 한마디로 굉장한 말썽꾸러기였지요.

왓슨은 마을에 있던 신학교 교장 선생님의 도움으로 간신히 신학교에 들어갈 수 있었어요. 어머니는 독실한 기독교 신자였기 때문에 왓슨이 목사가 되기를 바랐어요. 하지만 왓슨은 종교를 믿지 않았고, 신학교 친구들과도 잘 지내지 못했어요.

하지만 왓슨도 자라면서 철이 들었고, 세상에서 알아주는 유명한 사람이 되겠다는 소망을 품게 되었어요. 그래서 공부도 열심히 하기 시작했어요. 이때부터 심리학에 관심을 가지기 시작한 거예요.

신학교를 졸업한 왓슨은 선생님이 되어 교실이 하나뿐인 작은 학교에서 아이들을 가르치기 시작했어요. 왓슨은 혼자서 교장 선생님 역할부터 관리인 역할까지 다 했어요. 그러던 중 왓슨이 좋아하던 철학 교수가 시카고 대학에 있다는 것을 알게 되었어요. 왓슨은 시카고 대학의 총장인 윌리엄 하퍼에게 직접 편지를 써서 보냈어요.

● 공부에 대한 열정으로 대학에 진학하다

그는 편지에 자기가 가난하지만, 열정적인 학생으로 시카고 대학에 꼭 입학하고 싶다는 뜻을 밝혔어요. 돈이 없으니 등록금을 면제하거나, 나중에 낼 수 있도록 도와달라고 간절히 요청했어요. 이 편지가 대학 총장의 마음을 움직였고, 왓슨은 시카고 대학에서 공부할 수 있었어요.

왓슨은 단돈 50달러를 가지고 시카고로 갔어요. 당시에는 어머니도 돌아가신 뒤였기 때문에 왓슨은 누구의 도움도 받지 못했답니다. 하지만 무엇이든 할 수 있다는 자신감이 가득했어요.

왓슨은 처음에 철학을 전공했지만, 이내 자신이 해야 할 일은 심리학이라고 생각해서 전공을 바꿔요. 열심히 공부하면서도 생계를 유지하기 위해 여러 가지 아르바이트를 했어요. 자기가 살던 하숙집에서는 다른 하숙생의 식사 시중을 들기도 했고, 심리학과 사무실이 있는 대학 빌딩의 수위로 일하기도 했지요. 또 동물 실험실에서 쥐를 키우는 일도 했어요. 공부와 일 때문에 너무 지친 왓슨은 피로 때문에 쓰러져서 시골에서 한 달 동안 쉬어야 했던 적도 있어요.

왓슨은 박사 학위를 받기 위해 쥐가 미로에서 빠져나와 먹이를 얻는 행동을 연구하기 시작했어요. 손다이크의 영향을 받기도 했지만, 행동을 연구하는 것이 그의 성향에 잘 맞았어요. 그는 사람을 대상으로 연구하는 것이 부자연스럽고, 동물을 대상으로 하는 연구가 더 확실한 과학적 기반을 제공한다고 생각했어요. 그래서 사람을 대상으로는 연구하지 않겠다고 마음먹어요.

왓슨은 뛰어난 성적으로 시카고 대학을 졸업해요. 심리학과 조교로 2년간 일한 후 강사를 거쳐 조교수가 돼요. 30세가 되던 해에는 존스 홉킨스 대학의 심리학과 학과장이 되지요. 시골 청년이 원하는 공부를 시작한 지 10년도 채 지나지 않아 유명 대학교의 교수가 된 거예요.

● 미로를 빠져나오는 쥐에 대한 연구

왓슨은 동물의 학습에 관한 뛰어난 연구를 했어요. 그는 영국 궁전을 본뜬 미로를 만들고 쥐가 어떻게 빠져나오는지를 관찰했어요. 처음에는 쥐가 미로를 빠져나오는데 30분 정도 걸렸어요. 그런데 30번쯤 반복한 뒤에는 미로에서 빠져나오기까지 10초밖에 걸리지 않았어요. '쥐들은 미로를 빠져나오는 길을 어떻게 익혔을까?' 왓슨은 궁금했어요.

왓슨은 미로를 잘 빠져나오는 법을 배운 쥐를 골라 눈을 가려 보았어요. 그래도 쥐는 쉽게 빠져나왔어요. 눈으로 길을 보고 찾는 것은 아니었어요. 혹시 길에 어떤 냄새를 묻혀놓고 그 냄새로 길을 찾는 건 아닌가 싶어서 미로를 깨끗이 씻은 다음 쥐를 넣어 봤어요. 그래도 쥐는 길을 잘 찾았어요. 실험 결과를 더욱 확실히 하기 위해 쥐의 냄새 맡는 기능을 수술로 제거해 봤지만, 쥐가 미로를 빠져나오는 데는 아무런 불편함이 없었어요. 또 소리를 듣지 못하도록 해봤지만 역시 영향이 없었어요. 왓슨은 쥐가 자기 다리 근육을 움직이는 것을 기억하는 것이 결정적인 요인이라고 결론을 내렸어요.

축구나 농구를 잘하는 사람은 눈을 가리거나 소리를 듣지 못해도 자기가 원하는 방향으로 공을 차거나 던질 수 있어요. 흔히 '몸으로 배운다'는 거예요. 이렇게 하려면 많은 연습이 필요하죠. 자기 근육이 움직이는 감각을 배우는 것은 쥐가 미로 빠져나오는 것을 배우는 것과 원리가 같아요.

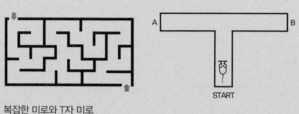

미로

복잡한 미로와 T자 미로

갈림길과 막다른 길로 연결되어 있어서 빠져나오기 힘들게 만들어진 복잡한 길이 있
어요. 어느 길을 택하느냐에 따라 목표 지점에 도달할 수도 있고, 빠져나오지 못하고
길을 잃을 수도 있어요. 이런 길을 '미로'라고 해요.

심리학에서는 실험에 단순한 미로를 이용했어요. 오른쪽 그림이 가장 단순한 T자형
미로예요. 두 갈래 길이 있는 미로에 쥐를 넣고, 쥐가 갈림길에서 왼쪽으로 가면 먹이
를 얻거나 탈출할 수 있게 했고, 오른쪽으로 가면 먹이를 주지 않거나 탈출하지 못하
게 했어요. 이 단순한 T자형 미로에서 관찰한 쥐의 행동으로부터 복잡한 사람의 행동
을 설명하는 원리들이 밝혀졌어요.

이렇게 왓슨은 '보이지 않는 마음'은 제외하고 '눈에 보이는 행동'만
을 연구하는 새로운 심리학을 만들어 내기 시작했어요.

● 행동주의를 널리 알리다

왓슨은 심리학이 눈으로 볼 수 없고, 정확하게 측정할 수도 없고, 사
람마다 달라지는 '마음'을 연구 대상으로 했기 때문에 자연과학으로 인

정받지 못했다고 생각했어요.
그는 지금까지 수많은 철학자와
심리학자들이 해온 마음에 관한
생각을 전부 버렸어요.

왓슨은 자기의 생각을 1913년
〈행동주의가 바라보는 심리학〉
이라는 글을 통해 널리 알려요.
여기서 심리학이 연구하는 것은
'의식'이 아니라 '행동'이며, 연

> **자연과학**
> 자연현상을 연구하는 분야에요. 순수
> 과학이라고도 불러요. 우리가 흔히 '과
> 학'이라고 하면 떠올리는 것들이죠. 물
> 리학, 화학, 생물학, 지구과학, 천문학
> 등을 들 수 있어요. 자연과학은 엄밀한
> 관찰과 실험을 중요하게 생각해요. 왓
> 슨은 심리학도 자연과학의 한 분야가
> 되어야 한다고 생각했어요.

구 방법은 내성법보다 객관적이어야 하고, 심리학은 '마음'이나 '의식'
을 이해하는 것이 아니라 '행동'이 어떻게 변하는지를 예측하고 조절하
는 것이라고 주장했지요.

왓슨의 주장은 점점 퍼져 나갔어요. 행동주의는 1920년 무렵에는 미
국 심리학의 중심이 되었고, 유럽으로 전파되기 시작했어요.

● 파블로프의 연구를 사람에 적용하다

왓슨은 파블로프의 조건 형성을 사람에 적용해서 인간의 행동을 설
명할 수 있다고 생각했어요. 그는 한 살이 안 된 어린 아기를 관찰해서
개가 먹이를 보면 침을 흘리는 것처럼 아기들에게는 빨기, 잡기와 같은

어린 앨버트 실험

무조건 반사 반응이 있다는 것을 알아냈어요. 또 큰 소리에 대해서는 공포 반응을 보이고, 움직이지 못하게 하면 분노 반응을 보이며, 안아 주거나 쓰다듬으면 사랑 반응을 보인다는 것도 관찰했지요.

더 나아가 11개월 된 아기에게 '공포' 반응이 어떻게 만들어지는지를 실험했어요. 이 아기는 '앨버트 B'라는 이름으로 불렸고, 이 실험은 후에 '어린 앨버트 실험'이라고 알려져요. 이 실험은 심리학 역사에서 가장 유명한 실험이에요.

왓슨은 앨버트 앞에 하얀 쥐를 두었어요. 처음에 앨버트는 쥐를 보고 아무렇지도 않았어요(그림 ❶). 그런데 앨버트는 큰 소리가 나면 무서워서 울고는 했어요(❷). 왓슨은 앨버트가 손을 뻗어 쥐를 만지려 하면 뒤에서 쇠로 된 판을 망치로 때려 큰 소리를 냈어요. 앨버트는 큰 소리에 깜짝 놀라 무서워했어요(❸). 이와 같은 상황을 몇 차례 반복하자 앨버트는 쥐를 무서워하기 시작했어요(❹). 쥐만 보면 울고, 몸을 돌려 피하려고 하고, 기어서 도망가게 되었어요.

어린 앨버트 실험은 파블로프의 실험과 원리가 같았어요. 먹이를 보면 침을 흘리는 개에게 먹이를 주기 전 벨 소리를 들려주면 나중에는 벨 소리만 들려도 침을 흘리는 것처럼, 큰 소리가 나면 무서워하는 아이에게 흰 쥐를 주고 큰 소리를 내었더니, 나중에는 쥐만 보고도 무서워하게 된 거예요.

시간이 조금 더 지나자 앨버트는 쥐처럼 털이 있는 다른 것들도 무서워하기 시작했어요. 토끼, 개, 털 달린 코트, 산타클로스 수염과 같은 것도 무서워했어요.

이 실험으로 왓슨은 파블로프의 조건 형성이 사람에게도 동일하게 적용된다는 중요한 사실을 발견했어요. 하지만 실험을 위해 어린 아기에게 공포를 느끼게 하는 것은 나쁜 일이에요. 당시에는 이런 문제를 아무도 중요하게 생각하지 않았답니다. 실험이 끝난 후 앨버트는 만들어진 공포를 없애는 치료를 받지 못했어요. 아이의 상태에 화가 난 앨버트의 어머니는 아이를 데리고 다른 곳으로 떠나 버려요.

● 심리학을 떠나다

왓슨은 심리학자로 승승장구했어요. 1915년에는 미국의 심리학자들이 모인 학회의 회장도 된답니다. 하지만 왓슨은 다른 여자와 바람을 피워서 부인과도 헤어지고, 심리학 교수도 그만둬요.

왓슨은 뉴욕으로 이사를 한 다음 광고 회사에 들어가요. 그는 이곳에서 자신이 가진 심리학 지식을 상품을 광고하는 데 마음껏 활용해요.

많은 보호자가 어린 아기의 기저귀를 갈 때 엉덩이에 파우더를 발라 줘요. 파우더를 바르는 행동을 처음으로 하게 만든 사람이 바로 존 왓슨이에요. 일을 하다가 오후에 잠시 쉬면서 커피를 마시는 경우가 많아요. 이런 시간을 '커피 브레이크'라고 하는데, 사람들이 이런 습관을 갖게 한 것도 왓슨이랍니다.

왓슨은 광고로 크게 성공했어요. 왓슨은 1930년 이후에는 심리학과 관련된 일을 하지 않았어요. 광고로 번 돈으로 큰 집을 구해서 정원을 가꾸고, 농작물을 기르면서 지냈어요.

1957년, 미국 심리학회는 심리학에 대한 공헌을 기리는 금메달을 수여하려고 왓슨을 초대했어요. 하지만 왓슨은 나타나지 않았어요. 아마 40여 년간 떠나 있던 곳으로 돌아가기가 두려웠을지도 몰라요. 대신 그의 아들이 메달을 받았어요. 그다음 해 왓슨은 80세의 나이로 세상을 떠나요.

● 왓슨의 심리학

왓슨은 사람의 대부분의 행동을 파블로프의 조건 형성으로 설명할 수 있다고 생각했어요. 여기서 더 나아가 조건 형성을 이용해서 사람의 행동을 만들 수도 있다고 믿었어요. 그래서 심리학의 목적이 '마음'을 알아내는 것이 아니라 '행동'을 예측하고 조절하는 것이라고 한 거예요. 왓슨은 이런 주장을 해요.

"나에게 어린 아기들을 데려오면 어떤 사람으로든 키울 수 있다. 아기의 타고난 재질이나 성향, 능력, 인종과 관계없이 의사, 변호사, 예술가, 상인뿐만 아니라 거지, 강도로도 만들 수 있다."

자신이 사람들의 행동을 마음대로 조절할 수 있다고 믿은 거예요.

● 행동주의의 확산

사람의 '마음'을 연구하는 심리학에서 '마음'을 없애버린 왓슨은 심리학에 혁명적인 영향을 미쳤어요. 원래 심리학은 철학에서 시작되었어요. 분트 이후 과학의 한 분야로 자리 잡으려 노력하기는 했지만 여전히 부족한 점이 있었어요. 그래서 행동주의는 심리학이 다루는 대상을 눈으로 볼 수 있고, 크기나 정도를 잴 수 있는 '행동'으로 제한했어요.

안을 들여다볼 수 없는 검은 상자를 하나 떠올려 봐요. 상자에는 다양한 색깔의 버튼이 여러 개 붙어있어요. 빨간 버튼을 누르면 빛이 나고, 노란 버튼을 누르면 소리가 난다고 생각해 봐요.

행동주의는 사람의 마음을 검은 상자와 같다고 생각했어요. 버튼은 '자극'이고, 빛이 나고 소리가 나는 것은 '반응', 즉 '행동'이에요. 볼 수 없고 잴 수 없는 것은 행동주의의 관심이 아니기 때문에 상자 안에서 무슨 일이 일어나는지는 알 필요가 없어요. 다만 어떤 버튼을 누르면 무슨 일이 발생하는지 알아내는 것만 중요했어요. 만일 소리와 빛을 동시에 나게 하고 싶다면 빨간 버튼과 노란 버튼을 동시에 누르면 돼요. 사람의 행동을 예측하고 조절하는 것도 마찬가지라고 생각했어요. 이것이 행동주의 심리학의 관심사였어요.

1920년대 이후 행동주의는 심리학 분야에서 널리 퍼져 나가 1960년대까지 심리학의 중심이 되었어요. 아직도 행동주의 원리들은 학문 분야뿐 아니라 광고와 마케팅 같은 상업 분야에서도 널리 이용되고 있답니다.

한 걸음 더 · 어린 앨버트는 어떻게 되었을까?

    왓슨을 가장 유명하게 만들고, 행동주의 심리학을 세상에 알린 실험의 주인공, 앨버트는 이후에 어떻게 되었을까요?

존 왓슨(왼쪽)과 어린 앨버트

    2010년 영국 BBC 방송국은 앨버트의 행적을 추적했어요. '어린 앨버트 B'로 불린 아이의 실제 이름은 더글러스 메리트였고, 그의 어머니는 존스 홉킨스 대학교 근처 탁아소에서 아이를 돌보던 사람이었어요.

    방송국에서는 어렵게 앨버트의 조카를 찾아 앨버트에 관해 물어보았어요. 안타깝게도 앨버트는 실험이 있은 지 5년 후 뇌의 병으로 불과 6살의 나이로 세상을 떠나고 말았어요. 앨버트는 죽기 전까지 작은 동물들을 싫어했다고 해요. 어린 앨버트 실험이 있고 나서 90년 만에 밝혀진 사실이었어요.

    과학적으로 중요한 발견을 할 수 있었지만, '어린 앨버트 실험'은 어린아이에게 지울 수 없는 상처를 남긴 실험이에요. 20세기 중반까지도 비윤리적인 실험이 과학적인 진실을 밝힌다는 목적으로 진행되었어요. 하지만 20세기 후반부터는 사람에게 조금이라도 고통을 줄 수 있는 연구는 금지하고 있어요.

전체는 부분의 합보다 크다

막스 베르트하이머

Max Wertheimer

·1880~1943·

민준이는 오늘 친구들과 함께 극장에 가서 두 시간 동안 신나는 애니메이션 영화를 보고 즐거운 마음으로 집에 돌아왔어요. 민준이가 본 애니메이션 영화는 심리학과 아주 관계가 깊답니다. 어떤 관계일까요?

1910년, 젊은 심리학자가 휴가를 얻어 시골로 기차를 타고 여행 중이었어요. 물끄러미 창밖을 내다보던 청년은 문득 창문 밖의 나무와 집과 전봇대가 마치 자신을 따라 움직이는 것처럼 보인다는 것을 깨달았어요.

"움직이지 않는 물체들이 왜 나를 따라서 움직이는 것처럼 보일까?"

그는 깊은 생각에 빠졌어요. 그러다 당시 유행하던 스트로보스코프라는 장난감을 떠올렸어요. 스트로보스코프는 조금씩 바뀌는 사진이나 그림을 원판에 붙이고 빠르게 돌리면, 사진이나 그림이 마치 움직이는 것처럼 보이는 장난감이에요.

두툼한 공책의 각 페이지 모서리마다 조금씩 다른 그림을 그리고 손

당시의 스트로보스코프. 원판을 빠르게 돌리면 두 사람이 함께 춤을 추는 것처럼 보인다.

으로 공책 모서리를 구부려서 한 장씩 빠르게 넘기면 그림이 움직이는 것처럼 보이는 것과 같은 현상이에요. 영화도 마찬가지예요. 조금씩 변하는 정지된 사진을 빠른 속도로 번갈아가면서 보여주면 마치 사진에 찍힌 것이 움직이는 것처럼 보여요. 1895년에 프랑스 발명가인 뤼미에르 형제가 영화를 처음 만들어 사람들에게 선보였지만, 왜 정지된 사진을 빠르게 넘기면 움직이는 것처럼 보이는지, 그 원리는 잘 알지 못했어요.

젊은 심리학자는 이런 현상이 사람의 눈이 아니라 머리에서 착각이 일어나기 때문이라는 생각을 떠올렸어요. 이 젊은 심리학자가 막스 베르트하이머예요.

● 휴가도 포기하고 실험실로 달려가다

막스 베르트하이머는 1880년 체코의 프라하에서 태어났어요. 금융업에서 실력을 발휘한 베르트하이머 집안은 당시 프라하의 유대인 사회에서 유명했어요. 아버지는 성공한 교육자였고, 어머니도 훌륭한 교육을 받았기에 베르트하이머는 식사 시간마다 정치학이나 교육에 관한 토론을 하는 등 부모님으로부터 많은 것을 배웠어요. 피아노와 바이올린도 배우고, 한번은 철학책을 선물로 받은 후 철학에 푹 빠지기도 했어요.

베르트하이머는 5살 때 초등학교에 입학했고 10살에는 대학 입학 자격을 얻을 수 있는 학교로 진학했어요. 그 후 베를린 대학에 들어가 본격적으로 철학과 심리학을 공부하기 시작했어요. 당시 베를린에는 사람이 물체를 어떻게 알아보는지를 연구하는 유명한 생리학자들이 많았는데, 베르트하이머는 이들과 함께 공부했어요. 1904년에는 우수한 성적으로 박사 학위를 받고 심리학을 본격적으로 연구하기 시작했어요.

기차를 타고 가다가 떠오른 아이디어에 흥분한 베르트하이머는 목적지까지 가지 않고 프랑크푸르트역에 내렸어요. 프랑크푸르트 대학에는 이전에 자신을 가르쳤던 프리드리히 슈만 선생님이 계셨는데, 선생님을 찾아가 이 새로운 아이디어를 이야기하고 싶어서였어요.

베르트하이머는 기차에서 내린 다음 시내 장난감 가게에서 스트로보스코프를 하나 샀어요. 그리고 호텔 방에서 저녁 내내 그림과 도형을 바꿔 가면서 어떻게 보이는지를 관찰했어요.

다음날 베르트하이머는 프랑크푸르트 대학에 가서 슈만 선생님에게 자신이 관찰한 것을 이야기하고, 이런 현상이 일어나는 이유는 인간의 두뇌가 착각을 하기 때문인 것 같다고 설명했어요. 슈만 선생님은 이 문제에 대해 더 연구해 보라고 하고 자신의 실험실을 사용할 수 있도록 해 주었어요. 실험실에는 그림을 보여주는 시간을 엄밀하게 조절할 수 있는 장치가 있었거든요.

슈만 선생님은 함께 실험할 볼프강 콜러를 소개해 주었어요. 그리고 콜러는 친구인 쿠르트 코프카를 실험실로 데려왔어요. 그때 베르트하이머는 30세였고, 콜러는 22세, 코프카는 24세였어요. 세 사람은 곧 의기투합해서 같이 연구를 시작했고, 평생 절친한 친구이자 동료가 되었어요.

베르트하이머는 휴가를 가는 중이었지만 당장 휴가 계획을 취소하고 프랑크푸르트에서 연구를 시작했어요.

● 프랑크푸르트 실험

베르트하이머는 프랑크푸르트 실험실에 있던 그림이나 사진을 짧은 시간 동안 보여 줄 수 있는 장치를 이용해서 사람들에게 두 장의 그림을 번갈아 보여주었어요.

두 장의 그림은 아주 단순했어요. 3cm 길이의 선이 위쪽에 있는 그림과 아래쪽에 있는 그림이었어요. 이 두 개의 그림을 보이는 시간을 다르게 해서 사람들에게 번갈아 보여줬어요. 두 장의 그림을 긴 시간 보여주면 사람들은 그림 ①처럼 위아래 두 개의 선을 보았어요. 아주 짧은 시간 간격으로 빠르게 번갈아 보여주면 그림 ②처럼 두 개의 선이 동시에 보였어요. 중간 정도의 길이로 보여주면 사람들은 그림 ③처럼 하나의 선이 위에서 아래로, 다시 아래에서 위로 움직이는 것을 보았어요.

① 오래 보여주기 　　② 아주 짧게 보여주기 　　③ 적당히 짧게 보여주기

프랑크푸르트 실험에서 베르트하이머가 사용한 그림

　베르트하이머는 실험에 여러 가지 그림을 사용해 보았어요. 수직선과 수평선을 이용하기도 하고, 크기나 색을 다르게 해 보기도 하고, 불빛을 이용하기도 했어요. 어떤 그림을 사용하든 적당히 빠른 속도로 보여주면 사람들은 그림이 움직이는 것을 보았답니다. 실제로 존재하는 두 개의 그림 외에 '움직임'이라는 새로운 현상이 등장한 거예요. 베르트하이머는 여기에 '파이(Φ) 현상'이라는 이름을 붙였어요. 파이 현상은 지금도 주변에서 흔히 찾아볼 수 있어요. 밤에 시내 번화가의 네온사인 간판 불빛이 움직이는 것처럼 보이는 것이 대표적이에요.

　마음 속에서 서로 다른 자극들이 연결되고 조화를 이루어 새롭게 보이는 것, 베르트하이머는 이것을 '게슈탈트Gestalt'라고 불렀어요. 게슈탈트는 독일어로 '형태', '모양'을 뜻해요. 그래서 베르트하이머의 생각을 따르는 심리학을 '형태주의'라고 한답니다. 베르트하이머는 이 연구의 결과를 모아 1912년 〈운동 지각에 관한 실험 연구〉라는 글을 발표해요.

● 독일에서 미국으로

프랑크푸르트에서 실험을 마친 베르트하이머는 1929년까지 베를린 심리학 연구소에서 강의와 연구를 계속하다가 1929년에 프랑크푸르트 대학교의 교수가 되어요. 하지만 당시 독일에는 큰 변화가 있었어요. 히틀러가 독일에서 권력을 잡기 시작했고, 유대인인 베르트하이머는 위험을 느껴서 1933년 가족과 함께 미국으로 떠났어요.

베르트하이머는 미국 뉴욕의 뉴스쿨New School 대학의 교수가 되어 평생 동안 그곳에서 연구하고 학생들을 가르쳐요. 프랑크푸르트에서 처음 만난 콜러와 코프카도 모두 미국으로 왔지요.

1930년대에 독일에서는 형태주의 심리학이 크게 번성하고 있었지만, 미국에는 별로 알려지지 않았어요. 미국에서는 왓슨의 행동주의가 대세였지요. 하지만 세 사람이 건너온 후 미국에도 형태주의가 조금씩 알려지기 시작했어요.

● 형태주의 법칙

베르트하이머를 비롯한 심리학자들의 연구로 보는 것(지각)에 관한 기본 원리들이 밝혀졌어요. 이것을 형태주의 법칙이라고 해요. 중요한 법칙 몇 가지를 함께 살펴봐요.

근접

　사람들은 비슷한 대상을 볼 때 서로 가까이 있는 것끼리 묶어서 봐요. 아래 그림에는 14개의 점이 있어요. 가까이 있는 두 개의 점을 묶어서 총 7개의 묶음이 보이지요?

●● ● ●● ● ●● ● ●● ● ●● ● ●●

단순한 근접

　다음 그림은 어떻게 보이나요? 위아래 세 개의 점이 한 묶음으로 보이지요? 이처럼 가까이 있는 것들을 하나로 묶어 보는 것이 근접 원리예요.

복잡한 근접

유사

　다음 그림은 어떻게 보이나요? 색칠된 점과 색칠되지 않은 점끼리 묶어서 보게 되지 않나요? 서로 다른 것이 섞여 있을 때 비슷한 것끼리 한 묶음으로 보는 것, 바로 유사 원리예요.

● ● ● ○ ○ ● ● ○ ○ ● ● ○ ○ ● ● ○ ○ ● ● ○ ○

유사

연속

다음 그림은 A-C로 연결된 선과 B-D로 연결된 선이 겹쳐져 있는 것처럼 보이지요? A-B로 연결된 선과 C-D로 연결된 선이 맞닿아 있다고 보이지는 않아요. 선이 연속해서 같은 방향으로 이어져 있다고 보는 것이 자연스러워요.

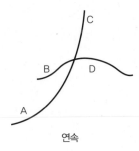

연속

다음 그림도 톱니 모양의 선과 구불구불한 선이 겹쳐져 있는 것으로 보는 것이 자연스러워요. 이게 바로 연속 원리예요.

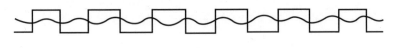

복잡한 선의 연속

프래그난즈

프래그난즈는 '단순한 형태를 보려는 경향'이라는 뜻의 독일어예요. 우리의 마음은 복잡한 형태를 가장 단순하게 보려 한다는 뜻인데요. 다음 그림을 봐요.

프래그난즈

그림 ①을 보고 우리는 자연스럽게 그림 ②처럼 원과 사각형이 겹쳐진 것으로 봐요. 그림 ③처럼 세 가지 도형이 복잡하게 연결된 것으로 보지 않아요.

폐쇄

폐쇄는 프래그난즈의 일종이라고 할 수 있어요. 친숙한 도형이나 그림을 볼 때 일부가 없으면, 가장 단순한 형태가 되도록 없어진 부분을 채워 넣는 거예요. 그래서 우리는 아래 그림을 보고 자연스럽게 원이나 사각형, 삼각형을 떠올릴 수 있어요.

베르트하이머와 형태주의를 연구하는 다른 심리학자들은 이와 같은 형태주의 법칙을 100개도 넘게 발견했어요.

'자이가르닉 효과' ─ 마치지 않은 일을 더 잘 기억한다

민준이는 애니메이션을 재미있게 보고 있었어요. 그런데 엄마가 애니메이션은 그만 보고 공부를 하라고 해서 미처 결말을 못 봤어요. 아쉬워서 그런지 며칠이 지나도 그 애니메이션의 스토리가 생생하게 기억이 나요. 이처럼 하던 도중 끝내지 못하고 그만 둔 일은 더 잘 기억이 나요. 이것을 자이가르닉 효과라고 해요.

자이가르닉 효과는 1920년대 쿠르트 레빈이라는 심리학자가 처음 생각해냈어요. 레빈은 식당에서 일하는 사람들이 아직 돈을 내지 않은 손님이 주문한 것은 잘 기억하는데, 돈을 낸 손님의 주문은 잘 잊어버린다는 것을 발견했어요.

레빈의 학생이었던 자이가르닉이 이 현상을 실험했어요. 자이가르닉은 사람들에게 간단한 문제를 여러 개 풀도록 했어요. 그러다 문제를 푸는 중간에 갑자기 중단시켰지요. 그리고 몇 시간이 지난 후 어떤 문제를 풀었는지 기억해 보라고 했더니, 이미 다 푼 문제보다 풀다가 중간에 그만둔 문제를 훨씬 더 잘 기억했어요.

레빈은 이 현상을 게슈탈트의 폐쇄 원리로 설명했어요. 사람은 어떤 일을 완성하려는 성향이 있기 때문에 어떤 일을 완성하지 못하면 긴장하게 되고 기억을 유지하게 돼요. 하지만 일을 완성하는 순간 긴장이 사라지고 기억도 흐릿해져요.

자이가르닉 효과는 요즘도 많이 쓰이고 있어요. 드라마는 항상 중요한 장면에서 끝나서 다음 이야기를 기대하게 하지요?

● 형태주의 삼총사

베르트하이머가 프랑크푸르트에서 처음 실험할 때부터 같이 연구했던 쿠르트 코프카와 볼프강 콜러도 형태주의 심리학에서 빼놓을 수 없는 중요한 사람이에요. 이 세 명을 한데 묶어 '형태주의의 삼총사'라고 해요.

쿠르트 코프카(왼쪽)와 볼프강 콜러(오른쪽)

쿠르트 코프카는 독일 베를린에서 태어났어요. 1904년 베를린 대학교에 들어가 심리학을 공부하기 시작했지요. 그는 빨강과 녹색을 구분하지 못하는 적록색맹이었는데, 그래서인지 사람이 색을 어떻게 지각하는지를 주로 연구했어요. 박사 학위를 받고 프랑크푸르트 대학에서 슈만 교수의 조수로 일하다가 1910년 베르트하이머를 만나 같이 연구를 시작하지요. 그는 후에 이때가 자기 삶에서 가장 중요한 순간이었다고 회고해요.

독일 기센 대학교의 교수로 지냈지만 1924년 미국으로 가장 먼저 떠나요. 미국에서도 교수로 일하면서 1935년에는《형태주의 심리학의 원리》라는 책을 펴내요.

코프카는 내성적이고 감성적인 사람이었어요. 그래서 여러 사람 앞에서 하는 강의는 잘 못했어요. 하지만 차분히 책상에 앉아서 생각을 체계적으로 정리하고 글로 쓰는 일을 잘했어요.

볼프강 콜러는 에스토니아에서 태어났지만 태어나자마자 가족이 독일로 이사를 해서 쭉 독일에서 지냈어요. 1909년 베를린 대학에서 박사 학위를 받는데 그의 주 관심사는 사람이 소리를 어떻게 듣는지에 관한 것이었어요.

마찬가지로 프랑크푸르트 대학에서 슈만 교수의 조수로 일하다가 1910년 베르트하이머와 코프카를 만나요. 1913년에는 프랑크푸르트를 떠나 카나리섬에 있는 프로이센 과학원에서 영장류를 연구해요. 그는 침팬지가 어떻게 문제를 푸는지를 연구했는데, 손다이크와는 다르게 동물이 시행착오를 거쳐 문제를 푸는 것이 아니라 갑자기 '영감'을 받은 것처럼 문제를 푼다는 것을 발견해요.

1920년에 다시 독일로 돌아와 베를린 대학의 심리학 연구소에서 15년 동안 일하던 콜러는 나치를 피해 1935년 미국으로 이주합니다. 미국에서도 여러 대학에서 교수로 일해요. 콜러는 셋 중에서도 가장 성실하게 실험을 했다고 해요. 겉으로는 꽤 거만하고 딱딱한 사람으로 보였

다고도 해요. 1959년에는 미국 심리학자들의 모임인 심리학회 회장도
한답니다.

2차 세계대전이 끝난 후 콜러는 매년 독일에 있는 베를린 자유 대학
에서도 강의를 하고, 그 대학교수들의 고문 역할도 해요. 콜러는 미국
과 독일의 여러 학자들의 존경을 받으며 살다가 1967년 80세에 세상을
떠납니다.

이렇게 20대의 세 청년이 모여 시작한 실험이 뿌리를 내리고 퍼져 나
가 '형태주의'라는 큰 나무를 만들었답니다.

● 전체는 부분의 합 이상

베르트하이머는 형태주의가 사람이 보는 것, 듣는 것을 넘어서 새로
운 것을 배우거나 어려운 문제를 푸는 것처럼 복잡한 마음을 설명할 수
있다고 믿었어요. 그는 독일에 있을 때 듣지 못하고 말하지 못하는 아
이들을 가르치는 법을 연구했어요.

베르트하이머는 듣지 못하고 말하지 못하는 아이들에게 나무 블록
조각으로 다리를 만드는 법을 보여주고, 직접 만들어 보게 시켰어요.
아이들은 한두 번 실패하긴 했지만 금방 여러 가지 모양과 형태의 다리
를 만들었어요. 베르트하이머는 아이들이 나무 조각의 숫자나 크기가
아니라 다리의 전체 모습을 생각해서 문제를 푼다고 보았어요.

또 그는 옛날 모습 그대로 사는 남미나 아프리카의 원시 부족들이 숫자를 세는 방법이 독특하다는 것을 발견했어요. 그들은 과일, 동물, 사람을 셀 때마다 서로 다른 단위를 사용했어요. 형태주의 원리에서 자연스럽게 묶음을 만드는 것처럼 말이에요.

이런 연구를 통해 베르트하이머는 어떤 형태는 그것을 이루는 부분들이 단순히 모여진 것이 아니라고 생각했어요. 전체적인 모습에는 그 모습을 만드는데 필요한 하나하나를 모아 놓은 것과는 다르게, 무엇인가 새로운 것이 나타났어요. 프랑크푸르트에서 한 실험에서도 두 개의 선이 '움직임'이라는 형태를 만들어 냈지요? 움직임은 단순히 두 개의 선을 모은다고 나오는 것은 아니에요.

전체와 부분의 합

다음 왼쪽 그림처럼 일부분이 끊어진 모형을 보고 '사각형'을 쉽게 떠올릴 수 있어요. 오른쪽 그림처럼 단순히 끊어진 부분만 모아 놓고 보면 거기에 사각형은 없어요. 부분이 특정 원리로 모이면 사각형이 생겨나요. 이것이 게슈탈트, 즉 형태예요.

● 마지막 연구

　베르트하이머는 평생 '생각하는 마음'에 대해 관심을 가졌어요. 그는 수학 천재 가우스의 일화를 자주 예시로 사용했어요. 가우스는 6살 때 선생님이 낸 계산 문제 1+2+3+4+5+6+7+8+9+10의 답을 바로 맞혔어요. 문제를 어떻게 그렇게 빠르게 풀었는지 물어보자 가우스는 양 끝의 숫자(1과 10, 2와 9, 3과 8,…)를 더하면 11이고, 11을 다섯 번 더하면 55가 된다고 대답했어요.

　베르트하이머는 가우스가 문제의 전체 구조를 보았기 때문에 바로 문제를 풀 수 있다고 생각했어요. 마치 부분에서 전체 형태, 게슈탈트가 바로 떠오르는 것처럼 말이에요.

　미국으로 이주한 후 베르트하이머는 사람의 생각하는 과정에 대한 자신의 의견을 모은 책을 써요. 그리고 1943년 책을 완성한 지 3주 만에 갑작스러운 심장마비로 세상을 떠납니다. 그의 마지막 책《생산적 사고》는 그가 세상을 뜬 지 2년 뒤에 출간되어요.

　베르트하이머, 코프카, 콜러가 토대를 만든 새로운 심리학인 '형태주의'는 당시에는 번성하지 못했어요. 유럽은 분트의 심리학이, 미국은 왓슨의 행동주의가 주름잡고 있었어요. 하지만 시간이 흐르면서 다양한 실험을 통해 형태주의의 원리들이 사실인 것으로 밝혀지면서 점차 더 많은 사람들이 관심을 갖기 시작했어요.

　형태주의는 지금도 다양한 심리학 연구에 이용되고 있어요. 그뿐만 아니라, 예술, 광고, 교육 등 다양한 분야에서 활발하게 이용되고 있답니다.

착시 현상, 마음을 보는 창

우리는 세상을 항상 있는 그대로 보지 않아요. 실제 사물이 다르게 보이는 경우가 있는데 이것을 '착시'라 해요. 심리학자들은 착시를 통해 마음을 들여다보았고, 새로운 착시를 만들기도 했어요. 그중 몇몇 착시를 소개할게요.

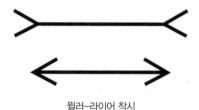

뮐러-라이어 착시

위의 그림에서 양 끝의 화살표를 제외한 가운데 직선의 길이가 어떻게 보이나요? 위에 있는 직선이 더 길게 보이지요? 실제로 위아래 직선의 길이는 같답니다. 직선 양끝에 있는 화살표의 각도에 따라 길이가 다르게 보이는 거예요. 우리 눈의 신경세포가 정보를 받아들이는 방식 때문에 이런 현상이 나타나요.

다음 그림에서 무엇이 보이나요? 검은 부분만 보면 사람 얼굴처럼 보여요. 또, 흰 부분만 보면 유리잔처럼 보여요. 재미있는 점은 사람 얼굴과 유리잔을 동시에 볼 수 없다는 거예요. 이 현상을 형-배경 역전 현상이라고 해요. 형태와 뒤에 깔린 배경이 바뀐다는 의미에요. 우리 마음은 한 번에 한 개씩만 골라서 떠올린답니다.

형-배경 역전

검은 원과 검은 삼각형 위에 있는 흰 삼각형이 보이나요? 실제로 이 삼각형은 존재하지 않아요. 하지만 우리는 뚜렷이 볼 수 있지요. 없는 것을 머릿속에서 만들어 낸 거예요.

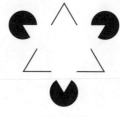

카니자 삼각형

착시 현상을 통해 심리학자들은 신경세포의 반응, 뇌의 변화, 게슈탈트 원칙, 주의를 집중하는 효과 등 다양한 마음의 특성을 연구해요.

주변에서 다양한 착시 현상을 발견할 수 있어요. 아무도 모르는 새로운 착시를 찾아내면, 찾아낸 사람의 이름을 따서 알려진답니다. 우리도 새로운 착시 현상을 찾아서 자기 이름을 붙여 볼까요?

성격이 마음의 핵심이다

고든 W. 올포트

Gordon W. Allport

· 1897~1967 ·

갑작스럽게 유행한 바이러스 때문에 개학이 연기되고 말았어요. 민준이는 집에서 혼자 심심하게 시간을 보내고 있었지요. 그러다가 문득 학교 친구들이 보고 싶어졌어요. 그래서 한 명씩 얼굴을 떠올리면서 마음속에 그려 보았어요.

'지호는 참 씩씩하고 활발해. 선생님이 질문하면 항상 먼저 손을 들고 대답하고 처음 만난 사람들과도 금방 친해져. 그런데 우진이는 반대야. 말이 별로 없고 먼저 나서지 않지. 하지만 늘 친구들을 보살펴 줘. 수아는 언제나 친절하고 싹싹해. 늘 얼굴에 미소를 띠고 있어.'

친구들을 마음속에 떠올리면서 저마다의 특징을 상상하니 지루한 줄 몰랐어요. 민준이는 스스로에 대해서도 생각해 보았어요.

'나는 부끄러움을 많이 타고, 선생님이나 부모님 말씀을 잘 듣고, 친구들과 사이좋게 지내.'

민준이가 마음속에 친구들과 스스로를 떠올려 본 것처럼 우리는 저마다 다른 사람과 구별되는 자기만의 독특함이 있어요. 이 독특함은 시간이 지나도 잘 변하지 않아요. 이런 독특함을 '성격'이라고 부른답니다.

또 자기만의 독특함이 있지만, 좀 넓게 보면 비슷한 사람들도 있어요. 그래서 사람들을 '얌전한 성격', '활달한 성격' 등 공통된 특징으로 나눌 수 있어요. 지호와 수아는 활달한 성격, 민준이와 우진이는 얌전한 성격이라고요. 더 넓게는 사람이기 때문에 가지고 있는 근본 특성, 본성도 있어요.

성격은 행동하는 방식을 정하기도 해요. 활달한 성격을 가진 사람은 모르는 사람들이 많이 모인 자리에서도 스스럼없이 잘 어울려요. 얌전한 성격을 가진 사람은 그런 자리에서 조용히 있을 거예요.

사람들은 '성격'을 궁금해 해요. 새로 옆집으로 이사 온 친구는 어떤 성격일까? 나와는 어떤 차이가 있을까? 성격은 태어나면서부터 정해진 걸까 아니면 여러 가지를 경험해서 만들어지는 것일까? 성격은 바뀔 수 있을까? 사람을 몇 가지 성격으로 나눠 볼 수 있을까? 사람들은 아주 오랜 옛날부터 이 질문에 해답을 찾으려 했어요.

● 비과학적 방법 — 고대부터 현재까지

사람의 성격을 알아보려는 시도 중 가장 오래된 것은 태양과 별의 위치로 앞으로 어떤 일이 생길지를 점쳐 보는 '점성술'이에요. 기원전 10

세기경 바빌로니아에서는 점성술로 전쟁이 일어날지, 자연재해가 닥칠지를 알아봤어요. 기원전 5세기경 그리스에서는 점성술로 사람의 성격을 알아보고 미래를 예언했어요. 태어날 때의 별의 위치가 그 사람의 성격과 운명을 결정한다고 믿었어요.

얼굴의 생김새로 사람의 성격과 미래를 알아내는 '관상'도 있어요. 히포크라테스, 피타고라스와 같은 학자들도 얼굴의 특징에 따라 사람의 성격을 알 수 있다고 생각했어요. 아리스토텔레스는 이마가 큰 사람은 게으르고, 작은 사람은 변덕스럽다고 주장했지요.

동양에서는 중국 당나라 시대에 '사주'가 생겨났어요. 태어난 '년', '월', '일', '시' 네 가지가 그 사람의 성격과 운명을 결정한다고 생각했어요. 사주는 고려 시대에 우리나라에도 들어왔어요. 조선 시대에는 과거 시험 중 '잡과'(글과 학문을 시험 보는 문과와 무술과 군사 지식을 시험 보는 무과가 아닌 기타 과목으로 의학, 외국어 통역 등)의 시험과목이기도 했어요.

19세기에는 머리의 형태로 그 사람의 성격 특징과 행동을 알아내려는 '골상학'이 번성하기도 했어요. 앞머리가 튀어나온 사람은 똑똑하고 예민한데 비해 평평한 사람은 멍청하고 둔감하다고 했어요.

혈액형으로 성격을 구분하는 방법도 널리 퍼져 있어요. A형은 다정다감하다, B형은 긍정적이고 낙천적이다, O형은 적극적이다, AB형은 논리적이다 등등.

점성술, 관상, 사주, 골상학, 혈액형 모두 사람의 특성이 어떨지 짐작해 보려는 방법으로 오늘날에도 사용되고 있어요. 과학적으로 증명되지 않았지만, 여전히 믿는 사람들도 많아요. 이처럼 사람들은 여러 가지 방법을 통해 다른 사람의 성격을 알고 싶어 해요.

모두가 궁금해 하는 '성격'을 과학적으로 탐구해서 심리학의 한 분야로 세운 사람이 고든 올포트예요.

● 평생 연구하고 사회에 봉사하기로 하다

고든 올포트는 미국 인디애나주에서 태어났어요. 올포트의 아버지는 시골 의사였어요. 시골 마을이라 병원이 없어서 집에서 환자를 치료했어요. 어린 올포트는 아버지를 도와 치료 도구를 닦고, 환자를 돌보았어요. 그러면서 아버지로부터 인간에 대한 깊은 사랑을 배웠어요.

어머니는 학교 선생님이었는데 아주 신앙심이 깊고 근면한 분이었어요. 어린 올포트는 수줌음을 많이 타지만, 공부를 열심히 하는 학생이었어요. 고등학교를 우수한 성적으로 졸업하고 18세에 장학금을 받아 하버드 대학에 입학합니다.

하버드 대학에서는 철학과 경제학을 공부했어요. 공부를 마치고 남는 시간에 다양한 사회봉사를 하면서 다른 사람을 도왔어요. 그러면서 인간에 대한 사랑을 키우고 어려움에 부닥친 사람을 돕겠다는 결심을 굳히지요. 또 자연스럽게 사람을 연구하는 심리학에도 흥미를 느끼게 되었어요. 사회봉사와 심리학 연구, 이 두 가지는 평생 올포트에게 가장 가치 있는 일로 자리잡게 되지요.

올포트는 학교를 졸업하고 잠시 터키의 대학에서 경제학과 철학을 가르치기도 하지만 1920년 다시 하버드 대학으로 돌아와 대학원에서 심리학 공부를 시작해요. 1922년 박사 학위를 받은 올포트에게 해외를 여행하면서 공부할 기회가 생겨요. 하버드 대학은 대학원 졸업생 중 몇 명에게 미국이 아닌 다른 나라의 학교에서 공부하거나 여행할 수 있도록 지원해주는데, 올포트가 여기에 뽑힌 거예요. 올포트는 독일 베를린으로 가서 베르트하이머와 콜러를 만나 당시 독일의 형태주의 심리학을 받아들여요. 그다음 해에는 영국으로 가서 공부하고 2년 만에 미국으로 다시 돌아와요. 올포트는 2년 동안 새로운 사람들을 만나 학문에 새롭게 눈을 떴다고 나중에 회고해요.

1924년 하버드 대학으로 돌아온 올포트는 미국 대학에서는 최초로 '성격심리학'을 강의하고 1930년에는 하버드 대학의 교수가 되어 평생 여기서 가르치고 연구해요.

● 특질 이론

하버드 대학에서 공부할 때 올포트는 개인의 성격을 알아보는 검사를 만들었어요. 예를 들면, 다음과 같은 문제를 주고 답을 고르는 것이었어요.

"당신이 은행 창구에서 순서를 기다리며 오랫동안 줄을 서 있었는데, 갑자기 누가 새치기를 했다면 어떻게 하겠는가?"

① 그 사람을 야단친다.

② 옆 사람에게 그 사람이 새치기한다고 이야기한다.

③ 줄을 떠난다.

④ 아무것도 안 한다.

1번이나 2번을 고른 사람은 문제를 앞에 나서서 해결하는 주도적인 성격이고, 3번이나 4번을 고른 사람은 상황을 참고 견디는 순종적인 성격이라고 할 수 있어요. 올포트는 이 외에도 다른 여러 종류의 상황을 제시해보고 사람들의 답변을 모아 그 사람이 주도적인 성격인지, 순종적인 성격인지를 알아보았어요.

여기서 올포트는 한 사람이 가지고 있는 특성은 일정하다는 점을 발견했어요. 주도적인 성격의 사람은 문제가 달라져도 항상 주도적이고, 순종적인 성격은 항상 순종적이었지요. 그는 사람의 변하지 않는 특성을 '특질'이라고 불렀어요.

하지만 사람이 하는 행동이 항상 똑같지는 않았어요. 어떤 때는 비슷한 상황인데도 전혀 다르게 행동하기도 해요. 만일 변하지 않는 특징, 즉 특질이 있다면 비슷한 상황에서는 항상 비슷하게 행동해야 할 텐데 왜 그럴까요?

올포트는 이 문제를 연구했어요. 먼저 영어에서 사람의 성격을 묘사하는 4,500개의 단어(용감함, 수줍음, 활기찬 등)를 모은 다음 그것을 특징에 따라 크게 세 가지로 나눌 수 있다고 생각했어요. 바로 주도적 특질cardinal trait, 중심특질central trait, 2차 특질secondary trait이에요.

주도적 특질은 사람의 가장 중요한 특질이고, 세 가지 특질 중 제일 높은 위치에서 개인의 특성을 결정하고 지배해요. 노벨상을 받은 테레사 수녀는 남을 돕는 '이타성'이라는 주도적 특질을 가졌어요. 그래서 모든 삶이 이타성이라는 특질로 설명돼요.

모든 사람이 주도적 특질을 가지고 있다면 어떤 상황에서든 같은 행동을 하겠지요? 하지만 주도적 특질을 가진 사람은 별로 없어요. 대신 우리는 몇 개의 중심특질을 가지고 있어요. 정직함, 친절함, 공격적인, 내성적인 등등. 한 사람이 여러 개의 중심특질을 가지고 있고, 이것들이 조합되어 특성이 나타나요.

2차 특질은 어떤 환경이나 상태에서 구체적으로 드러나요. 낯선 사람을 만나면 긴장한다든지, 누가 간지럼을 태우면 화가 난다든지, 너무 엄숙한 분위기에서는 웃음이 나온다든지 하는 것들이에요. 사람마다 매우 많은 종류의 2차 특질을 가지고 있어요. 그래서 상황에 따라 다른 행동도 나와요. 하지만 다른 행동은 중심특질에서 보면 일관돼요.

어떤 사람이 거리를 천천히 걷고 있었어요. 근데 잠시 후에는 급히 뛰어가고 있었어요. 도서관에 늦지 않게 책을 반납해야 했기 때문이에요. 겉으로 드러난 행동만 보면 같은 거리라는 동일한 환경에서 한 사람이 한번은 천천히 걷고, 한번은 서둘러 뛰어서 불일치해요. 2차 특질 측면에서 보면 당연한 현상이에요. 상황에 맞는 행동을 하는 거예요. 여유가 있을 때는 천천히 걷고, 급한 일이 있을 때는 뛰는 거예요.

그런데 이런 현상을 중심특질에서는 어떻게 이해할 수 있을까요? 그 사람의 중심특질 중 하나가 '유연성'이라고 해 봐요. 유연성이란 상황의 변화에 따라 행동을 바꾸는 거예요. 중심특질이 유연성이라면 그 사람은 한가할 때는 천천히, 바쁠 때는 빨리 걸어요.

이처럼 겉으로 드러나는 행동은 다르지만, 중심에는 변하지 않는 특질이 있다는 것, 이것에 올포트가 내린 답이었어요. 그는 자신의 연구를 정리해서 1937년 『성격:심리학적 해석』이라는 제목의 책을 썼어요.

● 개인 사례 연구

1937년 이후 올포트는 다양한 사람의 행동에 관심을 가졌어요. 처음에는 종교에 대해 연구했고, 이어서 사람의 생각이 공평하지 못하고 한쪽으로 치우치는 '편견'에 관해 연구해요. 그러다가 1965년 성격 연구로 다시 돌아와요. 그리고 개인 사례 연구를 해요.

올포트는 제니 매스터슨이라는 사람의 사례를 연구했어요. 제니 매스터슨은 1868년에 태어나서 1937년에 죽었어요. 제니는 11년 동안 친구에게 300여 통의 편지를 썼어요. 올포트는 제니의 편지에 쓰인 글을 분석해서 8개의 특질을 찾아내요.

● 개인 연구와 집단 연구

심리학을 연구할 때는 보통 여러 사람을 실험, 검사해서 일반적인 법칙을 이끌어내요. 이런 방식을 '집단 연구'라고 해요. 하지만 때로는 한 개인에 집중해서 자세히 연구하기도 해요. 이런 방식을 '개인 사례 연구'라고 해요. 개인 사례 연구는 심리학뿐 아니라 역사학, 사회학, 문화 등을 연구할 때 많이 사용해요.

집단 연구의 결과는 점수로 나타내기 쉬워요. 개인 사례 연구는 점수와 같이 숫자로 표현되기보다 특징을 글로 전달하는 경우가 많아요.

올포트가 성격을 연구하기 위해 여러 사람에게 문제를 주고 객관식 답을 모아 특징을 찾은 것은 집단 연구예요.

또한 '콘텐츠 분석'이라는 방법도 사용해요. 콘텐츠 분석은 컴퓨터를 이용해서 편지에 사용된 단어나 문장의 숫자를 세는 거예요. 이렇게 개인의 사례를 자세히 연구하면 여러 사람을 검사해서 성격 특질을 찾는 방법으로는 알 수 없는 자세한 것들을 밝힐 수 있어요.

1966년 올포트는 그간의 연구와 자신의 이론을 종합해서 〈특질의 재발견〉이라는 논문을 써요. 다음 해 올포트는 폐암으로 세상을 떠났기 때문에 그의 마지막 글이 되었어요.

● 인간중심의 심리학으로

22세의 올포트는 오스트리아 빈을 방문해서 지그문트 프로이트를 만나요. 올포트는 프로이트에게 전차에서 봤던 아이의 이야기를 했어요. 아이는 옆자리에 지저분한 사람이 앉아 있었기 때문에 빈자리에 앉으려고 하지 않았어요. 엄마가 괜찮다고 해도 끝내 자리에 앉지 않았지요. 엄마는 깔끔한 차림에 엄해 보였기 때문에 올포트는 아마 아이가 엄마에게서 더러운 것을 피하도록 배운 것 같다고 프로이트에게 이야기했어요. 그러자 갑자기 프로이트는 "그 아이가 바로 당신이지요?"라고 물었어요. 올포트는 프로이트의 질문에 깜짝 놀랐답니다.

프로이트가 그 이야기를 올포트 자신의 이야기라고 단정해 버렸기 때문에, 올포트는 '정신분석은 과거와 무의식을 너무 중요시해서 현재의 경험은 무시를 한다'라고 생각했어요. 올포트는 과거보다 현재, 보통 사람이 쉽게 경험하는 것이 마음을 알아보는데 더 중요하다고 믿었어요.

올포트는 행동주의 심리학도 좋아하지 않았어요. 행동주의 심리학에서는 사람을 단순히 '반응하는 기계'로 여겼기 때문이에요. 그는 사람은 더 능동적이고, 자신의 목표, 의도, 계획, 도덕적인 가치에 따라 행동한다고 생각했어요.

올포트의 이러한 생각은 성격심리학의 기본이 되었을 뿐 아니라, 후에 인간 중심의 심리학으로 발전해요. 특히 정신적 고통을 덜어주기 위한 상담과 치료 분야에서 올포트의 생각을 적극적으로 받아들여요. 고든 올포트는 현재를 살아가는 보통 사람의 마음을 심리학의 중심으로 다시 세운 사람이랍니다.

성격을 알아보는 방법

성격은 눈에 보이는 물체도 아니고, 독특한 행동도 아니에요. 사람의 마음에 자리 잡은 개인적 특징이에요. 그렇다면 우리는 어떻게 성격을 알아볼까요? 심리학 용어로 '알아내서 표현하는 것'을 측정이라고 해요. 중요한 성격 측정 방법을 알아볼게요.

질문지

질문지는 성격을 측정하는 데 가장 흔하게 쓰이는 방법이에요. 실제 있을법한 상황을 가정하고 사람들에게 그때 어떻게 행동할지, 어떤 느낌인지 등을 물어봐요. 고든 올포트가 특질을 처음 연구할 때 사용한 방법이기도 해요.

가장 유명한 성격 검사 질문지는 1930년대 미네소타 대학에서 만들었어요. MMPI(미네소타 다면적 인성검사)라고 해요. MMPI 검사에서는 "나는 항상 즐겁다", "나는 사람들과 어울리는 것을 좋아한다" 같은 문제에 '그렇다', '아니다', '잘 모르겠다' 중에 한 가지를 골라서 응답해요. 이런 550개의 문제에 대한 답을 얻은 후 그것을 모아 채점해서 '다른 사람과 잘 어울리는, 감성이 풍부한 사람', '수줍음을 타고, 자기를 낮춰 보는 사람' 등의 성격 특성으로 나눠요.

지금까지 수백여 종의 성격 검사 질문이 만들어졌어요. 어떤 것은 과학적인 근거가 있지만 어떤 것은 그냥 재미를 위한 거예요. 회사에서 직원을 채용할 때 이용하는 것도 있어요. 이 사람은 어떤 사람과 잘 어울릴까를 측정해서, 잘 어울리는 사람들끼리 같이 일하도록 하기도 하고, 그 사람의 특성에 맞는 일을 시키기도 해요.

투사법

　정신분석에서는 겉으로 드러나지 않는 무의식이 성격을 결정한다고 생각했어요. 명확히 의식에 떠오르지 않고, 행동으로 나타나지 않는 것은 어떻게 측정할 수 있을까요? 한 가지 방법은 애매한 것을 보여주고 어떻게 해석하는지를 분석하는 거예요. 이런 방법을 투사법이라고 해요.

　가장 유명한 투사법은 스위스 정신과 의사 헤르만 로르샤흐가 1921년 만든 검사예요. 로르샤흐 검사는 사람에게 잉크 얼룩 같은 그림이 그려진 카드를 보여주고 그림이 어떻게 보이는지 질문해요. 그리고 답변을 해석해요.

로르샤흐 검사의 예

　여러분은 위의 그림이 무엇처럼 보이나요? 박쥐? 네발 동물? 어떤 사람은 그림 전체를 하나의 대상으로 보기도 하고 어떤 사람은 부분 부분 나눠 보기도 해요. 10장의 그림에 대한 응답을 분석해서 그 사람이 어떤 특징을 가졌는지 알아내요.

로르샤흐 검사는 1930년대에 널리 쓰였어요. 영화나 TV 드라마에도 종종 등장해서 많은 사람들에게 익숙해졌어요. 하지만 이런 종류의 검사 결과가 믿을 만한지 의심하는 심리학자도 많고, 해석하는 데 시간이 오래 걸리기 때문에 효과적이지 않다는 비판도 있어요.

다른 방법들

질문지나 투사법 외에도 다양한 방법으로 성격을 측정해요. 일기, 글, 편지 등을 자세히 분석하기도 하고, 친구나 가족에게 그 사람의 성격에 대해 질문을 하기도 해요. 또한, 행동을 직접 관찰하기도 하는데 특히 아이들의 경우 놀이방에서 자연스럽게 놀게 한 후 유리 벽 밖에서 어떤 행동을 하는지 살펴서 아이의 특징을 알아봐요. 이 방법들은 저마다 특징이 있기 때문에 심리학자나 정신과 의사는 상황에 따라 가장 적합한 방법을 골라 사용해요.

사람은 어떻게 성장하는가

장 피아제

Jean Piaget

· 1896~1980 ·

우리는 처음 태어났을 때 몸도 가누지 못하던 어린 아기였어요. 하지만 시간이 지나 나이를 먹으면서 우리의 몸은 자라요. 몸이 변화하는 것은 잘 알 수 있어요. 키도 크고, 몸무게도 무거워지고, 힘도 세져요. 그렇다면 세상을 보고, 이해하고, 생각하는 우리의 마음은 자라나면서 어떻게 변해갈까요?

● 어린이는 작은 어른?

　지금부터 200여 년 전까지 유럽에서 어린이는 '작은 어른'으로 여겨졌어요. 몸집만 작지 어른과 특성이 같다는 의미예요. 그래서 여섯 살이 넘으면 어른처럼 취급했어요. 옷도 어른처럼 입고, 하는 일도 어른과 같았어요. 잘못한 일이 있으면 처벌도 어른과 똑같이 받았기 때문에 도둑질을 한 어린 아이를 사형에 처하기도 했어요.

경험론을 주장한 철학자 존 로크(제 1장 참고)가 어린이의 마음은 '아무것도 적혀 있지 않은 흰 종이와 같다'고 주장하면서 사람들의 생각이 달라지기 시작했어요. 하지만 흰 종이가 어떻게 채워져 가는지는 잘 알지 못했어요. 당시에는 단순한 하나의 세포가 다양한 생명체가 되는 것처럼 마음도 경험을 통해 변해 갈 것이라고만 생각했어요.

19세기에 들어서면서 비로소 어린이가 어른과 다르다는 생각이 널리 퍼졌어요. 어려서 어떤 경험을 하느냐에 따라 다른 어른으로 자라난다는 점을 알게 되었지요. 19세기 후반부터는 어린이들을 특별히 대우하기 시작해요. 어린이의 교육과 복지에도 관심이 커져요. 미국에서는 처음으로 어린이날도 만들어져요. 과학 분야에서도 나이에 따라 어떤 차이가 생기는지를 알아보기 시작했어요.

● 발달심리학의 탄생

사람이 태어나 몸이 성장하는 것과 여러 경험을 하고 교육을 받아 자라는 것을 통틀어 '발달'이라고 해요. 이 과정에서 나타나는 마음과 행동의 변화를 다루는 심리학을 '발달심리학'이라고 해요.

어린이의 발달을 본격적으로 연구한 심리학자는 '스탠리 홀'이었어요. 스탠리 홀은 윌리엄 제임스에게서 심리학을 배우고, 독일에 가서 분트의 실험실에서 연구하기도 했어요. 1883년부터 어린이의 마음을 밝혀내겠다는 목표를 가지고 연구를 시작했어요. 홀은 처음 학교에 입학하는 만 5세, 6세 아이들이 무엇을 알고 있는지 알아보았어요. 자연 현상, 신체 부위, 동물 등에 대해 질문해 보고 소년과 소녀, 도시 어린이와 시골 어린이들 사이에 어떤 차이가 있는지를 비교해 보았어요.

또 홀은 청소년 시기에 관해 많이 연구했어요. 그는 청소년 시기가 되면 비로소 완전한 사람의 특징이 나타나고 개인의 인격이 만들어진다고 주장했지요. 그래서 청소년기를 '제2의 탄생'이라고 불렀어요.

20세기가 되면서 많은 심리학자가 발달에 관해 연구했어요. 처음에는 주로 행동주의에 따라 행동이 변하는 것을 설명했지요. 프로이트의 생각을 따라 정신 분석 관점에서도 연구했어요.

그러던 중 1930년대에 장 피아제가 유아에서부터 성인까지 사람의 생각과 지식이 어떻게 발달하는지 밝혀냈어요. 피아제는 발달심리학이 발전하는 데 가장 큰 영향을 미쳐요.

● 조숙한 천재

피아제는 1896년 스위스 뇌샤텔에서 태어났어요. 어려서부터 사물을 관찰하고 원리를 탐구하는 데 푹 빠져서 시간이 날 때마다 새, 화석, 조개껍질을 관찰했어요. 피아제는 10살도 채 되기 전에 자신이 살고 있

나이에 따라 바뀌는 이름

사람은 나이에 따라 다르게 불려요. 우리나라에서는 이렇게 부른답니다.

우선 태어나서 2주가 될 때까지는 신생아라고 해요. 막 태어난 아이란 뜻이에요. 2주부터 만 2세까지는 영아라고 부르고, 만 2세부터 6세까지는 유아라고 해요. 4세부터 초등학교를 다니는 나이까지는 어린이라고 하고, 중학생 이상부터 법적으로 성인인 만 19세까지는 청소년이라고 불러요. 하지만 이 구분이 절대적이지는 않아요. 어제까지 영아였다가 내일 만 2세 생일이 지나면 유아가 되는 것은 아니고, 그 나이 즈음을 뭉뚱그려 부르는 호칭이에요. 유아와 어린이는 시기상 겹쳐 있다는 것도 알 수 있어요. 아이는 어린이의 준말로 사용하기도 하고, 어른과 반대되는 말로 사용하기도 해요. 이 책에서는 4세 미만을 아기, 4세 이상 초등학교까지를 어린이 또는 아이, 중학생 이상을 청소년이라고 부를게요.

는 지역의 새에 관한 책을 썼답니다.

아버지는 문학 교수였는데 피아제가 쓴 책을 대수롭지 않게 생각했지요. 피아제는 자신이 쓴 글이 인정받기를 원해서 더 깊이 연구하기로 마음먹었어요. 그는 공원에 있는 참새를 관찰해서 논문을 쓰고, 그것을 뇌샤텔 자연 역사학회 잡지에 보냈어요. 잡지를 내는 사람은 논문을 쓴 피아제가 어린 소년인지 모른 채 논문을 출판했지요. 자신감이 생긴 피아제는 뇌샤텔 박물관 관장과 함께 자기가 수집한 조개를 연구하고 동물학 잡지에 여러 편의 논문을 썼어요.

16세가 된 피아제는 그의 대부와 함께 방학을 보내요. 대부는 피아제가 너무 한정된 분야만 좋아하는 것을 걱정해서 그에게 철학을 알려줘요. 피아제는 사람이 세상을 어떻게 알 수 있는지를 탐구하는 '인식론'

에 매혹돼요.

피아제는 뇌샤텔 대학에 입학해서 자연과학을 전공하고 22세에 박사 학위를 받아요. 그때까지 피아제는 자신을 자연과학자라고 생각했어요. 하지만 박사 학위를 받은 후 스위스의 취리히와 프랑스 파리에서 심리학을 공부하기 시작해요. 그는 프랑스에서 5~8세 아이들을 대상으로 여러 가지 검사를 했는데, 아이들이 논리를 사용해서 문제를 풀 때 모두 비슷한 실수를 하는 현상을 발견했어요. 이유가 궁금해진 피아제는 아이들이 하는 이야기를 주의 깊게 듣고, 집으로 초대해서 자신이 고안한 퍼즐을 풀어 보게 하면서 관찰했어요. 피아제는 이 문제를 평생 연구하게 되어요.

피아제는 스위스, 프랑스의 여러 대학에서 교수로 일했어요. 27세에 결혼해서 세 아이를 두었는데, 자신의 아이들이 자라는 동안 세심하게 돌보면서 아이들의 행동이 변화하는 것을 관찰했고, 중요한 발견을 많이 했어요.

● 세상을 이해하는 마음의 틀

피아제는 사람이 세상을 이해할 때 '마음의 틀'을 이용한다고 생각했어요. 이 틀을 '스키마schema'라고 불러요. 스키마는 태어나서부터 만들어져서 경험과 학습을 통해 점차 변해가요.

찰흙 덩어리로 별 모양을 만든다고 상상해 봐요. 손으로 잘 다듬어서 별 모양을 만들 수도 있지만, 별 모양을 찍어내는 틀이 있으면 어떨까요? 찰흙을 별 모양 틀로 꾹 누르면 별 모양을 쉽게 만들 수 있어요. 과자를 구울 때도 밀가루 반죽을 동그라미 모양, 별 모양, 동물 모양의 틀로 눌러서 여러 모양의 과자를 만들 수 있어요.

찰흙과 밀가루는 세상에 있는 수많은 물체, 정보이고 틀은 내 마음속에 있는 스키마라고 생각해 봐요. 스키마를 사용하면 세상을 이해하기가 쉽겠지요? 그런데 내가 가진 틀이 별 모양 하나라면, 무엇이든지 다 별 모양으로 이해해요. 별, 동물, 동그라미 세 가지 모양의 틀을 가진 사람은 별 모양 하나를 가진 사람보다 더 다양하게 세상을 이해할 수 있을 거예요.

갓 태어난 아기는 '이것은 먹을 수 있는 것'과 같이 단순한 스키마를 가지고 있어요. 이 아기에게 세상은 먹을 수 있는 것과 먹을 수 없는 것으로 나뉘지요. 하지만 아기가 자라면서 새로운 것을 경험하며 스키마는 점점 복잡해져요.

처음 '멍멍이'를 배운 아기를 생각해 봐요. 이 아기는 네발 달리고, 털이 북슬북슬한 것이 '멍멍이'라고 배웠어요. 곰 인형이든 강아지든, 고양이든 네발이 있고 털이 있으면 다 멍멍이에요. 아기에게는 멍멍이 틀만 있거든요.

그런데 어떤 멍멍이는 손으로 만지면 '야옹' 소리를 내고 재빨리 도망가요. 아기는 점차 네발이고 털이 있더라도 '야옹' 소리를 내는 것은 멍멍이가 아니라 '고양이'라는 것을 배워요. 또 어떤 멍멍이는 만졌을 때 아무런 반응도 하지 않아요. 아기는 이것이 멍멍이가 아니라 '곰 인형'이라는 것을 배우게 되지요. 아기에게는 처음에 멍멍이라는 틀만 있었는데 이제는 고양이 틀, 곰 인형 틀로 복잡하게 나누어졌어요.

피아제는 처음 있는 틀에 세상을 끼워 맞추는 것, 멍멍이 틀에 고양이나 곰 인형을 모두 끼워 맞추어 멍멍이라고 하는 것을 '동화assimilation'라고 불렀고, 야옹하고 소리를 내는 것과 아무 움직임이 없는 것을 보고, 멍멍이 틀을 바꿔 고양이 틀과 곰 인형 틀을 만드는 것을 '조절adaptation'이라고 불렀어요.

피아제는 스키마가 동화와 조절을 거쳐 점점 변화해서 복잡하고 세밀하게 되는 것이 발달의 기본 원리라고 주장했어요.

● 발달 과정

피아제는 발달 과정을 4가지 단계로 구분했어요.

첫 번째 단계는 감각운동기에요. 태어나서부터 24개월까지의 어린 아기 시기에요. 이때 아기들은 자신의 감각만 알 수 있어요. 처음에는 자기 손을 보는 것과 손이 움직이는 느낌도 서로 다른 것으로 느껴요. 태어날 때부터 할 수 있는 잡기, 빨기 같은 아주 단순한 행동으로 세상에 있는 물건들을 탐험해요. 갓난아기들은 눈앞에 어떤 물체가 있으면 손으로 잡고 입으로 빨아요. 세상을 알아가는 시작이에요. 이렇게 세상을 탐색하면서 아기는 점점 자기 행동과 사물의 관계를 배워 나가요. 기억력도 발달하기 시작해요.

4개월쯤 된 아기에게 장난감을 보여주다가 보자기로 덮어 버리면 그 장난감이 없어졌다고 생각해서 울면서 다시 가져오라고 떼를 써요. 눈앞에 보이지 않으면 없다고 생각해요. 그런데 8개월쯤 되면 아기는 보자기를 들춰서 장난감을 찾아내요. 눈에 보이지 않더라도 여전히 있다는 것을 알게 된 거예요. 보이지 않더라도 여전히 대상이 존재한다는 것, 이것을 '대상 영속성'이라고 하는데 감각운동기에 배워요. 대상 영속성을 안다는 것은 머릿속에 그 대상을 떠올릴 수 있다는 거예요. 이 능력은 아기가 자라는 데 매우 중요해요.

감각운동기 손으로 잡고 입으로 빨고 하는 등 감각과 운동을 통해서 도식을 만들어 가는 시기

두 번째 단계는 전조작기에요. 2세에서 7세의 아이들이 포함되어요. 이 시기의 아이들은 마음 속에 특정 대상을 떠올릴 수 있지만, 떠올린 대상을 변화시키거

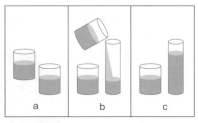

양의 보존 실험

나 다른 것과 비교하지는 못해요. 다른 사람이 자신과 똑같이 보고 느낀다고 생각하고 모든 사물이 생명을 가지고 있다고 믿기도 한답니다.

전조작기에는 '보존' 개념이 없어요. 양의 보존 실험의 (a)처럼 똑같은 두 개의 컵에 같은 양의 물을 담아 보여주면서 어느 쪽이 많은지 물어보면 아이들은 "둘 다 같아요"라고 답해요. 하지만 (b)처럼 한쪽 컵의 물을 다른 모양의 컵으로 옮긴 다음 어느 쪽이 많은지 물어보면 아이들은 폭이 좁고 긴 컵에 담긴 물이 더 많다고 대답해요. 아이들은 물

전조작기 보존의 개념이 없어서 같은 양의 물을 다른 모양의 컵에 담으면 물의 양이 다르다고 생각한다

구체적 조작기 구체적 대상에 대한 보존 개념이 확립된 시기

의 양을 판단할 때 컵의 높이만 고려해요. 여러 가지 조건을 고려해야 한다는 점을 모르는 것이랍니다.

7세부터 11세까지는 구체적 조작기라고 불리는 시기에요. 이때 아이들은 비로소 머릿속에서 대상을 떠올리고, 바꿔 보고, 비교할 수 있게 돼요. 다른 사람이 자기와 같지 않다는 점도 이해하게 된답니다.

이전에는 이해하지 못했던 보존 개념을 알 수 있어요. 서로 다른 컵에 따라서 높이가 다르게 보이더라도 같은 양이라는 것을 이해해요. 그런데 이렇게 머릿속에서 바꾸고, 비교하고, 순서를 정하는 것은 눈으로 볼 수 있는 구체적 대상일 때만 가능해요. '자유', '평화', '사랑'같이 볼 수 없는 것을 마음속에 그리고 변화시키는 일은 못 해요.

형식적 조작기 자유, 사랑, 평화와 같은 추상적 개념을 이해한다

12세가 넘어가면 이제는 어른과 차이가 나지 않아요. 이 시기를 형식적 조작기라고 해요. 이제는 눈이 보이지 않는 추상적인 개념도 이해할 수 있고, 추상적인 개념을 마음속에서 이리저리 조작할 수 있어요. 알고 있는 내용을 체계적으로 생각하고 답을 추리하는 논리적 사고가 가능해져요.

피아제는 이 네 가지 단계를 누구라도 반드시 거쳐야 하고 아무도 단계를 건너뛸 수 없다고 주장했어요. 아무리 똑똑한 천재라도 구체적 조작기를 거치지 않고 전 조작기에서 형식적 조작기로 바로 가지 못해요. 다만 사람에 따라 그 시기가 좀 일찍 오거나 좀 늦게 올 수 있을 뿐이에요.

● 발달심리학의 큰 나무가 되다

피아제는 뇌샤텔 대학, 제네바 대학, 프랑스의 소르본 대학교 등에서 심리학뿐 아니라 사회학, 과학의 역사 등 여러 과목을 가르치고 연구했어요. 피아제는 교육에도 큰 관심을 가졌지요. 1929년부터는 '국제 교육국'이라는 단체의 책임자로 40여 년간 세계 각국의 교육을 돕고 연구하는 일도 꾸준히 했답니다.

피아제의 연구는 1920~30년대에 프랑스에서 유명했어요. 그의 생각은 유럽의 많은 심리학자와 교육 기관에 큰 영향을 주었지만 당시에 행동주의가 중심이었던 미국에는 별로 알려지지 않았어요. 1960년대가 되어 행동주의가 힘을 잃었을 때에 비로소 미국에서도 관심을 끌게 되었어요.

행동주의에서 벗어나 새로운 심리학을 탐구하던 미국의 젊은 학자들은 피아제의 연구에 매혹되었어요. 많은 학자가 피아제의 이론을 따라 연구했고, 그 결과 피아제의 이론 중 일부 세세한 부분이 고쳐지기도 했지만, 수십 년이 지난 오늘날에도 피아제가 처음 주장했던 발달의 기본 원리와 발달 단계는 가장 중요한 발견으로 여겨져요.

특히 1970년대~80년대에 들어서면서 피아제의 생각은 교육 분야에 적극적으로 도입돼요. 이전에는 아이가 어른처럼 생각하고 행동하도록 가르치는 것이 교육의 중요한 목표였어요. 하지만 피아제는 아이가 세상을 배워 나가는 방식이 '새로운 것을 탐구하고, 만들어 가는 과정'이라고 생각했기 때문에 교육도 아이의 창조성, 발명, 변화 등을 북돋아 주어야 한다고 믿었어요. 또한, 발달단계에 이르지 못한 아이에게 무조건 새로운 것을 가르치는 것은 옳지 않다는 것을 선생님들에게 알려 주었지요.

피아제는 여러 분야에서 활발하게 활동하다가 1980년 스위스 제네바에서 세상을 떠납니다. 그는 생전에 약 50여 권의 책을 썼고, 그의 책은 오늘날에도 여전히 많은 사람이 읽고 있어요.

피아제는 사방으로 뻗어 나간 가지에서 무성한 잎이 자라나고 꽃이 피고, 열매가 맺는 커다란 나무에요. 그 나무에서 발달심리학뿐 아니라 교육을 연구하는 가지, 문화를 연구하는 가지, 진화를 연구하는 가지 등 다양한 가지가 뻗어 나가 점점 커지고 있고, 오늘날에도 새로운 가지가 자라나고 있어요. 이 큰 나무의 뿌리와 줄기는 피아제의 뛰어난 연구로 만들어졌답니다.

피아제가 고안한 실험 — 세 산 과제

피아제는 독창적인 실험방법을 많이 생각해냈어요. 그 중에 '세 산 과제'라는 대표적인 실험이 있어요. 피아제는 전 조작기의 중요한 특징인 '자기 중심성'을 알아보기 위해 이 실험을 고안했어요.

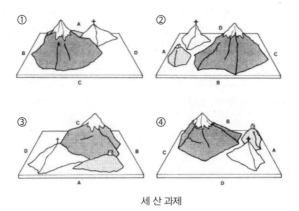

세 산 과제

피아제는 모형 산을 세 개 만들었어요. 가장 큰 산은 꼭대기에 흰 눈이 있어요. 중간 높이의 산 꼭대기에는 십자가가 있어요. 나머지 하나는 높이가 가장 낮고 오두막이 한 채 있어요. 이 모형 산은 어디서 보느냐에 따라 보이는 모습이 달라요.

그림 ①은 C 위치에서, ②는 B 위치에서 본 장면이에요. 그렇다면 그림 ③, ④는 어느 위치에서 본 것일까요? 그림 ③은 A 위치, 그림 ④는 D 위치에서 본 장면이에요.

테이블 위에 산 모형을 올려 두고 아이에게 살펴보게 해요. 아이는 주위를 돌아다니며 산을 관찰해요. 그다음에는 아이를 A, B, C, D 중 한 곳에 앉히고, 테이블의 다른 위치에는 인형을 앉게 해요.

아이와 인형이 마주 보고 앉은 세 산 과제 실험 장면

그리고 아이에게 '인형이 보고 있는 산의 모습'을 맞춰 보라고 해요.

아이에게는 테이블의 네 군데 위치에서 산의 모습을 찍은 사진을 보여 줘요. 아이는 인형이 보는 산의 모습이라고 생각하는 사진을 골라요.

4세 아이들은 항상 자신이 보고 있는 산의 모습과 같은 사진을 골랐어요. 6세 정도 된 아이들 중 몇몇은 자신이 보는 것이 아닌 인형 위치에서 보는 것과 같은 사진을 골랐지요. 7~8세 아이들은 항상 인형이 앉아 있는 위치에서 볼 수 있는 사진을 골랐답니다.

이 실험의 결과로 2~6세의 전 조작기 아이들은 자기 중심성을 가지고 있고, 7세가 넘어 구체적 조작기에 이른 아이들이 비로소 자기 중심성을 벗어나 다른 사람의 시각, 관점을 이해할 수 있다는 것을 알 수 있었어요.

피아제는 아이들을 대상으로 연구를 했기 때문에 쉽고 재미있는 실험을 새롭게 고안해야했어요.

사람은 관계 속에서 살아간다

쿠르트 레빈

Kurt Lewin

· 1890~1947 ·

우리는 매일 다른 사람들과 관계를 맺으면서 살고 있어요. 대상은 부모님과 형제, 친구처럼 아주 가까운 사이부터 영화를 보러 갔을 때 옆자리에 앉은 사람처럼 우연히 만난 사람까지 매우 다양해요. 우리는 다른 사람을 좋아하거나 싫어하기도 하며, 서로 믿고 도움을 주고받을 때도 있고 때로는 경쟁하거나 싸우기도 해요.

다른 사람과 관계를 맺을 때 마음은 어떻게 달라질까요? 다른 사람은 내가 보고, 듣고, 느끼고, 생각하는 것에 어떤 영향을 줄까요? 이처럼 사람과 사람의 관계에서 마음과 행동이 어떤 특징을 가지는지, 어떻게 변하는지를 탐구하는 것이 사회심리학이에요. '사회'라고 하면 우리는 아주 큰 집단을 상상하지요? 그런데 사회심리학은 개인과 개인의 만남이 마음에 어떤 영향을 주는지부터 국가, 민족 같은 큰 집단에 속한 개인의 행동과 마음이 어떻게 달라지는지까지를 모두 연구한답니다.

● 사람은 사회로부터 어떤 영향을 받을까?

사회심리학에서 관심을 두는 질문은 아주 오래 전부터 궁금해 했던 것이에요. 고대부터 근대까지 철학자, 사회학자는 개인이 다른 사람, 집단, 혹은 더 큰 사회로부터 어떤 영향을 받는지를 탐구해 왔어요. 하지만 과학적인 관찰과 실험으로 해답을 찾기 시작한 것은 사회심리학이 생긴 뒤부터였어요.

1897년 미국의 심리학자 노만 트리플렛은 한 사람의 행동에 다른 사람이 어떻게 영향을 미치는지를 실험을 통해 처음으로 알아보았어요. 그는 사이클 선수들이 혼자 달릴 때보다 경쟁자와 함께 달릴 때 더 빠르게 달린다는 글을 읽고, 이 현상을 실험해 보기로 마음먹어요.

그는 소년들을 대상으로 낚싯줄 감는 릴을 얼마나 빨리 돌리는지 측정하는 실험을 해요. 한번은 혼자서 최대한 빨리 돌리게 하고, 한번은 두 명씩 짝을 지어 돌리게 했어요. 만약 실험에 참여하는 소년들이 이 실험의 목적을 아는 상태로 실험에 참여한다면 실험을 설계한 사람이 예상한 결과가 나오도록 행동할 수도 있어요. 그래서 노만은 소년들에게 왜 이런 실험을 하는지 이유는 알려주지 않았어요. 실험 결과 두 명씩 짝지었을 때 소년들이 릴을 더 빨리 감는다는 사실을 관찰할 수 있었지요. 이 실험의 결과는 사람은 다른 사람이 곁에 있는 것만으로도 행동이 달라진다는 사실을 알려 주었어요.

1920년대에 들어서면서 사회심리학은 심리학의 주요 연구 분야가 되었어요. 성격 연구로 유명한 고든 올포트의 형인 플로이드 올포트가 유명한 사회심리학 연구자였어요. 플로이드 올포트는 1924년 《사회심리학》이라는 책을 쓰고, 이 책은 미국 대학에서 교과서로 널리 쓰였답니다.

1930년대가 되면 유럽에서 나치 독일의 유대인 박해를 피해 많은 심리학자가 미국으로 이주해요. 이 사람들을 중심으로 사회심리학 연구가 널리 퍼져 나가기 시작했어요. 쿠르트 레빈도 1933년 미국으로 건너왔어요.

● 레빈의 어린 시절

쿠르트 레빈은 1890년에 지금의 폴란드 중부인 모글리노에서 태어났어요. 그가 태어나 자란 마을은 인구가 5,000명 정도인 작은 동네였어요. 레빈은 유대인이었고, 그 마을에는 150여 명의 유대인이 살고 있었어요.

아버지는 작은 잡화 가게를 운영하면서 풍족하지는 않아도 안정적인 생활을 꾸려가고 있었어요. 레빈은 학교에 입학하기 전까지 집에서 유대인의 전통적인 교육을 받고 자랐어요. 당시 학생들 사이에 유대인을 멸시하고 차별하는 풍토가 퍼져 있었기 때문에 레빈은 학교에 잘 적응하지 못했고, 자기 능력을 발휘할 수 없었어요.

하지만 1905년 가족이 모두 독일 베를린으로 이사한 후 레빈은 좋은 교육을 받을 수 있게 되었고 이때부터 그가 가진 재능이 꽃피기 시작해요. 1905년부터 1908년까지 김나지움에서 주로 문학과 철학, 역사와 같은 인문학을 공부한 레빈은 1909년 프라이부르크 대학에 입학해서 의학 공부를 시작해요. 1910년에는 베를린 대학으로 옮겨서 전공을 철학으로 바꾸고 심리학 수업을 본격적으로 듣기 시작했어요.

학교에 다니는 동안 제1차 세계대전이 일어났고, 레빈은 군인으로 전쟁에 참여해요. 전쟁 도중 부상을 입은 레빈은 다시 베를린 대학으로 돌아와서 공부를 마치고 박사 학위를 받아요. 당시 독일은 분트의 심리학 위주로 연구를 하고 있었어요. 레빈은 분트의 심리학이 사람의 본성은 제대로 이해하지 못하고 사소한 문제만을 다룬다고 생각했어요. 그래서 더 의미 있는 심리학이 무엇일지 고민하고 찾아보았어요. 그러다가 레빈은 콜러와 베르트하이머를 만나 '형태주의' 심리학을 연구하기 시작해요.

레빈은 사람의 행동이 개인의 독특성과 주위 환경 모두에 의해 결정된다고 생각하고, 형태주의 심리학을 적용해서 '장이론field theory'이라는 자신만의 이론을 만들어요. 그의 강의와 글은 매우 인기가 있어서 점차 이름이 알려졌어요. 하지만 히틀러가 독일에서 권력을 장악하고 유대인 박해가 점점 심해지자 레빈은 가족들과 함께 미국으로 떠나요.

● 사회 문제 풀기

레빈은 미국에 와서 여러 대학과 연구소에서 강의와 연구를 계속했어요. 이론적인 연구도 했지만, 현실에서 발생하는 문제를 해결하는 연구를 많이 했어요. 그는 인종 차별, 집단 사이의 갈등, 억압과 독재 등 사회에서 나타나는 여러 문제를 심각하게 받아들였고, 자신의 능력이 되는 한 이런 문제를 푸는 데 이바지하려고 했어요. 특히 상상력이 뛰어나고 과감한 성격의 레빈은 다른 심리학자들이 생각하지 못했던 문제에 대담하게 도전했어요. 그가 했던 주요 연구를 살펴볼까요?

● 리더십 연구

레빈은 히틀러의 나치 독일에서 생활한 경험이 있어서 독재를 미워하고, 민주주의를 열렬히 지지했어요. 그는 억압적인 지도자와 민주적인 지도자가 사람들에게 어떤 영향을 주는지를 연구했어요.

레빈과 그의 제자들은 11세 소년들을 대상으로 몇 개의 클럽을 만들었어요. 그리고 클럽마다 어른이 한 명씩 가서 소년들이 게임을 하고, 물건을 만드는 것과 같은 활동을 지도하게 했어요. 어른 지도자는 각기 다른 세 가지 유형이 있었어요. 각각 억압적이고 권위적인 스타일, 민주적인 스타일, 소년들이 마음대로 하도록 내버려 두는 자유 방임 스타

일이었어요.

억압적이고 권위적인 지도자 아래서 활동한 소년들은 시키는 일만 하고 서로 자주 싸웠어요. 민주적인 지도자와 활동한 소년들은 서로에게 친절하게 대하고, 일할 때 협력했어요. 자유 방임 스타일의 지도자와 생활한 소년들은 서로 친하게 지내긴 했지만, 무기력하고 일을 마무리하지 못했지요.

레빈은 이 연구 결과를 무척 자랑스러워했어요. 사람을 억압하는 독재는 행동에 나쁜 영향을 끼치고, 민주주의는 좋은 영향을 끼친다는 그의 믿음이 증명된 것이니까요.

● 행동 변화를 끌어내기, 내장 먹기 캠페인

2차 세계대전을 치르는 동안 미국에 고기가 부족해졌어요. 유럽과 태평양에서 전쟁을 치르는 병사들의 식량으로 고기를 많이 보내주고 나니, 미국 내에서 먹을 고기가 적어진 거예요. 어떻게 하면 국민에게 충분한 영양을 공급할 수 있을지 고민하던 미국 정부는 가정주부들을 대상으로 '내장 먹기 캠페인'을 벌여요.

당시 미국에서는 소의 내장, 즉 허파, 간, 콩팥 등은 먹지 않고 버리는 경우가 많았어요. 내장을 먹는 것으로 생각하지 않았기 때문이에요. 하지만 내장에는 살코기만큼이나 영양분이 많기 때문에 내장을 먹는다면 영양 부족 문제는 일어나지 않을 거예요. 그래서 레빈을 비롯한 심리학자와 사회학자, 인류학자들이 모여 사람들이 소의 내장을 먹도록 하는 방법을 찾아요. 특히 가정주부들이 내장을 먹는 것에 대한 거부감을 버리고, 집에서 내장 요리를 할 수 있게 하는 게 중요했어요.

레빈은 가정주부들을 모아 두 개의 그룹으로 나누었어요. 하나의 그룹에는 전문가가 주부들에게 전쟁으로 인해 충분한 고기를 공급하는 것이 어렵다는 점과 가족들이 충분한 영양분을 섭취하는 것이 얼마나 중요한지를 강의했어요. 그리고 강의가 끝난 뒤 내장을 사용한 요리법이 적힌 책자를 나눠 주었어요.

토론자의 책임감 직접 토론에 참여했던 사람들은 토론 주제가 자신의 일이라는 책임감을 느낀다

다른 한 그룹은 같은 주제를 참여자들이 서로 토론하도록 했어요. 그리고 각자 집에서 할 수 있는 것을 토의하도록 했지요. 또 음식 먹는 습관을 바꾸는 것이 왜 어려운지 이야기도 해 보았고요. 마찬가지로 이 그룹에게도 끝나고 돌아가기 전에 내장 요리법을 나눠 주었지요.

레빈은 1주일 후 실험에 참여했던 사람들을 찾아가 내장 요리를 해 보았느냐고 물어보았어요. 강의를 들은 그룹은 전체의 3%만이 내장 요리를 시도해 보았다고 답했어요. 그런데 토론을 했던 그룹은 무려 32%가 내장 요리를 해 보았다고 대답했지요.

왜 그럴까요? 강의를 들은 그룹의 사람들은 선생님이 하는 말을 듣기만 했기 때문에 자신의 일이라고 생각하지 않았어요. 반면에 토론을 했던 그룹은 모든 개인이 토론에 참여했기 때문에, 책임감을 느껴 식습관을 바꿔보려고 하는 사람이 많았어요.

● 변화 모형

레빈은 사람들이 처음에 가졌던 믿음이나 생각이 어떻게 해야 달라지는지를 연구해서 '변화 모형'을 만들어요. 첫 단계는 마치 얼음이 녹듯이 이전에 가졌던 믿음이 흐물흐물해지는 단계에요. 하지만 지금까지 가지고 있던 생각을 버려야하기 때문에 사람들은 거부감을 느껴요. 변화가 꼭 필요하고, 변화하면 무엇이 좋아지는지를 알게 하면 거부감을 극복할 수 있어요.

두 번째는 실제 변화가 생기는 단계에요. 이때는 지금까지 믿어왔거나 친숙한 행동을 버리고 새로운 것을 배워요. 이때에는 다른 사람들이 성공했던 사례나, 새로운 정보를 학습하게 돼요. 마지막은 변화된 내용을 단단하게 만드는 단계에요. 바뀐 행동을 계속 반복해서 몸에 배게 만드는 거지요.

동그란 모양의 얼음을 녹여서 물로 만든 다음, 별 모양의 틀에 넣고 다시 온도를 낮춰 별 모양 얼음으로 얼리는 것을 상상해 봐요. 우리가 가진 오래된 생각과 믿음도 이런 과정을 거쳐 변화한답니다.

레빈의 변화 모형은 기업에서 많이 활용해요. 요즘처럼 빠르게 변하는 환경에서 한 가지 사업만 고집하다가는 망하기 쉽거든요. 그래서 회사에서는 변화 모형에 따라 새로운 사업을 찾기도 한답니다.

● 짧지만 긴 공헌

1944년 레빈은 MIT 대학교에 '집단 역동 연구 센터'라는 이름의 사회심리학 연구소를 만들어요. 이곳은 미국 사회심리학의 뛰어난 인재를 길러내는 요람이 되어요. 하지만 이 연구소를 만든 3년 후 레빈은 갑작스러운 심장 마비로 세상을 떠나요. 겨우 57세의 나이였어요. 학자로 한창 연구할 나이였지요.

레빈은 사회 문제를 가장 앞장서서 연구한 심리학자였어요. 이전의 학자들과는 다르게 자신의 지식을 다양한 문제를 푸는 데 적극적으로 활용했어요. 그 결과 레빈의 영향은 사회를 연구하는 분야에 퍼져 나갔고 그의 이론은 지금도 광고와 미디어 등 집단을 변화 시키는 데 이용되고 있어요.

또 다른 레빈의 큰 유산은 그의 제자들이에요. 레빈의 제자 중에는 뛰어난 심리학자가 많았는데 그중에서도 레온 페스팅거는 레빈의 뒤를 이은 뛰어난 사회 심리학자였어요.

● 레온 페스팅거와 인지 부조화 이론

레빈은 1939년 미국 아이오와 대학의 교수였어요. 그때 젊은 페스팅거가 레빈의 제자가 되어요. 페스팅거는 사회심리학보다는 사람이 무엇을 이루려고 하는 성취동기에 관심을 가진 학생이었어요. 하지만 레빈의 영향을 받아 사회심리학에 빠져들게 되고 1945년에는 레빈이 만든 사회심리학 연구소의 조교수가 돼서 사회심리학 연구를 본격적으로 시작해요.

레빈이 죽은 후에 미네소타와 스탠퍼드 대학에서 사회심리학을 연구하는데, 1957년 유명한 '인지 부조화 이론'을 발표해요.

● 인지 부조화 이론

  페스팅거와 그의 동료 칼 스미스는 대학생을 모아 엄청나게 단조롭고 지루한 일을 시켰어요. 여러 개의 통을 상자에 넣었다가 빼내고, 다시 집어넣는 일을 반복하는 거예요. 일이 끝나면 참가한 대가로 어떤 학생에게는 1달러를 주고, 어떤 학생에게는 20달러를 주었어요.

  그리고 학생들에게 다음에 오는 학생에게 이 일이 아주 재미있다고 이야기해 달라고 부탁했어요. 실제로는 일이 아주 지루했기 때문에 학생들이 다른 사람에게 재미있다고 이야기 하는 것은 거짓말을 하는 것이었어요. 마지막으로 연구원은 실험을 다 마친 학생에게 "너는 이 일이 얼마나 재미있었니?"라고 물어봤어요.

  1달러를 받은 학생과 20달러를 받은 학생 중에서 누가 이 일이 재미있다고 대답했을까요? 얼핏 생각하면 돈을 더 많이 받은 학생은 일이 재미있었다고 하고, 돈을 적게 받은 학생은 재미없었다고 했을 것 같지요? 하지만 그 반대였어요. 20달러를 받은 학생은 일이 재미없었다고 대답하고, 1달러를 받은 학생은 재미있었다고 했어요. 왜 이런 결과가 나왔을까요?

  실험에 참여한 학생들은 거짓말을 해야 했어요. 거짓말은 마음을 불편하게 해요. 실제로는 일이 재미없었다는 생각과 재미있는 척 거짓말을 한 생각이 서로 다퉈서 긴장이 생기는 거예요. 페스팅거는 사람의 마음속에서 서로 다른 생각이 충돌하면 사람은 어떻게 해서든 이 불편을 해소하려 한다고 생각했어요. 불편을 없애는 방법은 무엇일까요? 바로 서로 다른 두 가지 생각 중 한 가지를 바꾸는 거예요.

20달러를 받은 학생은 자신이 거짓말을 했다는 사실이 많이 불편하지 않았어요. 돈을 많이 받았기 때문에 거짓말을 했다고 생각하면 됐어요. 그런데 1달러를 받은 학생은 자기가 한 거짓말을 변명할 수 없었어요. 돈도 적게 받았기 때문에 돈 때문에 거짓말했다고 변명하지도 못해요. 그렇다고 이미 해 버린 말을 취소할 수도 없어요. 바꿀 수 있는 것은 오로지 일에 대한 자기 생각뿐이에요.

그래서 1달러를 받은 학생은 자신이 했던 지루한 일이 재미있었다고 생각하는 거예요. 그래야 자신이 한 말과 생각이 서로 다르지 않거든요. 이렇게 서로 다른 두 생각이 있으면 긴장하고, 불편해서 어떻게 하든 그 차이를 좁히려 행동한다는 것이 바로 인지 부조화 이론이에요. '인지'는 쉬운 말로 하면 '생각'이에요. 페스팅거의 인지 부조화 이론은 사회심리학 분야에서 가장 유명한 이론 중에 하나가 돼요.

쿠르트 레빈의 적극적인 활동으로부터 시작되어 레온 페스팅거가 뒤를 이은 사회심리학은 1950년대에 들어서면서 번성하기 시작해서 심리학에서 인기 있는 분야가 되었어요.

한 걸음 더   사회심리학 실험

심리학에서 마음을 연구할 때 여러 방법을 사용해요. 그중에서 대표적인 것은 '실험'이에요. 자연과학과는 다르게 심리학의 실험 대상은 '사람'이에요. 그래서 실험을 설계할 때 사람의 특성을 잘 이해해야돼요.

사람이 세상을 어떻게 보는지를 연구하는 실험에서는 정밀한 컴퓨터, 카메라 같은 기계장치를 이용해서 사람의 반응을 정확하게 측정하는 실험을 해요. 아이들을 대상으로 하는 발달심리학은 아이들이 재미있게 놀 수 있는 환경을 조성해준 뒤 자연스러운 행동을 관찰하거나 질문하는 방법을 많이 사용해요.

그렇다면 사회심리학은 어떨까요? 사회심리학은 사람이 집단 속에서 어떻게 행동하는지를 확인하기 위해 연극처럼 각본과 배우를 사용하는 실험을 많이 해요. 또, 실험에 참여하는 사람이 실험의 진짜 목적을 몰라야하는 경우가 많아서, 실험의 목적을 비밀로 하고 다르게 소개하기도 한답니다.

민준이는 실험에 참여하고 싶어서 심리학 연구소를 찾아 왔어요. 민준이는 이 실험이 눈에 보이는 사물의 길이를 얼마나 정확히 알아맞히는지 알아보기 위한 것이라고 알고 있어요. 실험 장소에 가 보니 그곳에는 실험에 참여하는 다른 학생 6명이 먼저 와 있었어요. 방에는 큰 테이블이 놓여 있었고, 한쪽 벽에는 큰 모니터가 있었어요. 민준이와 학생들은 큰 테이블에 둘러앉았고, 실험을 진행하는 연구원이 와서 해야하는 일을 설명해 주었어요.

"모니터 중앙에 수직선이 그려져 있는 카드가 한 장 나타날 거예요. 그 옆에는 다른 카드가 있고, 그 카드에는 세 개의 수직선이 그려져 있어요. 각각 왼쪽부터 1, 2, 3이에요. 여러분이 할 일은 화면의 카드에 그려진 수직선과 똑같은 길이의 수직선이 몇 번인지를 고르는 거예요. 같은 길이로 보이는 수직선의 번호를 부르면 돼요."

실험이 시작되고 화면에는 다음 그림과 같은 카드가 나왔어요.

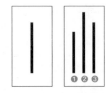

민준이는 답을 찾는 것이 너무 쉬웠어요. 주어진 선과 같은 길이의 선은 3번이었어요. 한 사람씩 돌아가면서 답을 이야기했어요. 민준이도 자기 순서가 되자 자신 있게 3번이라고 답했지요. 이렇게 몇 번 답을 찾은 후 이번에는 다음과 같은 카드가 나왔어요.

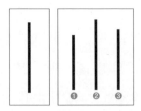

민준이는 이번에도 쉽게 답을 찾았어요. 답은 2번이었어요. 민준이는 대답 순서를 기다리고 있었어요. 그런데 처음 답하는 학생이 '1번'이라고 말했어요. 민준이는 속으로 그 학생이 멍청하다고 생각했어요. 그런데 두 번째 학생도 1번, 세 번째 학생도 1번이라고 답했어요. 앞의 다른 학생들이 모두 자신이 생각했던 것과 다른 답을 말하자, 민준이는 '내가 잘못 판단한 것 아닐까?' 고민하기 시작해요. 이제 민준이가 대답할 순서가 되었어요. 과연 민준이는 뭐라고 답했을까요?

이 예는 솔로몬 애쉬라는 사회심리학자의 유명한 실험을 풀어서 소개한 거예요. 같은 문제를 혼자 풀었을 때 99%의 사람이 정답을 맞힐 수 있었지만, 민준이와 같은 상황에서는 약 40%에 이르는 사람들이 잘못된 답을 했어요. 즉 자기 판단을 믿지 않고 다른 사람의 의견을 따른 거지요. 이 현상을 심리학 용어로 '동조'라고 해요.

이 실험에서 민준이를 제외한 나머지 6명의 참여자는 모두 각본에 따라 대답했어요. 일부러 틀린 답을 이야기 한 거예요. 또 실험의 목적도 민준이 알고 있는 것과는 달랐어요. 이 실험은 집단의 압력이 개인의 판단에 어떤 영향을 주는지를 알아보는 실험이었답니다. 사회심리학 실험은 이처럼 연구 목적에 맞게 상황을 조작하고, 때로는 참여자에게 틀린 정보를 주기도 해요.

하지만 이런 실험을 아무렇게나 할 수는 없어요. 사람을 대상으로 할 때는 학교나 연구소에서 정한 엄격한 윤리 기준을 통과해야만 실험할 수 있어요.

행동은 환경과 자극으로 결정된다

B. F. 스키너

Burrhus Frederic Skinner

‹ ·1904~1990· ›

손다이크와 파블로프가 씨를 뿌리고, 왓슨이 키워낸 행동주의는 1920년대가 되어 크게 번성해요. 특히 미국에서는 대부분의 심리학자가 행동주의 입장에서 사람을 연구합니다.

행동주의는 '과학적인 심리학'이었기 때문에 인기가 많았어요. 19세기 이후 분트가 심리학을 하나의 과학 분야로 다시 탄생시켰지만, 단순한 행동을 생리적인 원인으로 설명하는 정도였어요. 게다가 사용하는 사람에 따라 결과가 달라지기도 하는 '내성법'은 그렇게 믿을 만하지 못했어요.

행동주의 심리학자들은 마음을 직접 들여다볼 수 없다면 그 안에서 무슨 일이 일어나는지는 알 수 없다고 생각해서 수천 년간 철학자들이 고민했던 사람의 '마음'을 심리학 연구에서 빼 버리고 눈에 보이는 행동이 자극에 따라 어떻게 달라지는지를 연구했지요. 행동은 잴 수 있어요. 횟수, 강도, 지속 시간 등을 숫자로 나타낼 수 있었거든요. 행동을 일으키는 자극도 잴 수 있지요. 먹이의 양, 빛의 밝기, 소리의 크기 등 물리학에서 사용하는 단위로 나타낼 수 있어요. 그래서 '3g의 먹이를 주면 침을 0.1㎖ 흘린다'처럼 둘 간의 관계를 알 수 있고 이 관계를 숫자로 풀 수 있어요. 마치 화학과 물리학 같은 자연과학처럼요.

게다가 20세기 초반 미국은 산업이 크게 발전하면서 마음의 복잡한 원리를 연구하는 것보다는 당장 다른 분야에서 이용할 수 있는 지식이 더욱 중요했어요. 그래서 1920년대부터 1960년대까지 행동주의는 미국 심리학에서 가장 중요했고, 미국을 중심으로 전 세계로 퍼져 나가요. 이 시기에 행동주의를 발전시킨 심리학자가 많지만, 그중에서도 대표적인 사람이 버러스 프레더릭 스키너예요. 그는 행동주의를 더욱 다듬어 정교하게 만들었고, 그의 아이디어는 오늘날까지도 심리학 연구뿐 아니라 교육학, 사회학, 정신의학 등에서 이용되고 있어요.

● 소설가가 되고 싶었던 청년

스키너는 1904년 미국 펜실베이니아주의 작은 마을에서 태어났어요. 아버지는 변호사였고 어머니는 가정주부였어요. 남동생이 한 명 있는 화목한 가족이었어요.

스키너는 어려서부터 박스, 기어, 스프링, 전선 같은 것으로 기계장치 만들기를 좋아했어요. 친구와 함께 서로 집에 전선을 연결해서 전보를 보내는 장치를 만들기도 했어요. 또 숲속에 작은 오두막을 지어서 그곳에서 틈날 때마다 친구와 놀았어요. 오두막 근처에는 딱총나무가 많았는데, 나무 열매는 약으로 쓰였어요. 스키너는 열매를 따서 동네를 돌아다니며 팔기도 했는데 그러다가 잘 익은 열매만을 쉽게 골라내는 방법을 찾아내기도 했어요. 고등학생 때는 아르바이트로 구두 가게에서 일하면서 청소를 편하게 하는 방법을 고안하기도 했답니다.

문학을 좋아했던 고등학생 스키너는 작가가 되고 싶었어요. 특히 철학자 프랜시스 베이컨의 책을 읽고 크게 감동했답니다. 프랜시스 베이컨의 주장은 이후 스키너의 삶에 큰 영향을 미쳐요.

스키너는 고등학교 졸업 후 작가가 되기 위해 문학과 예술을 주로 가르치는 해밀턴 대학에 입학해서 영문학을 공부했어요. 대학에서는 학교 신문에 글을 쓰기도 했어요.

스키너는 위대한 소설가가 되기를 꿈꿨어요. 하지만 대학을 졸업하고 신문에 짤막한 기사 몇 편을 쓴 것을 제외하고는 쓴 글이 없었어요. 스스로 글을 쓰는 데 재능이 없다는 것을 느낀 스

프랜시스 베이컨

프랜시스 베이컨은 영국의 철학자이자 정치가예요. 그는 올바른 지식을 얻기 위해서 경험과 관찰이 중요하다고 생각했어요. 그래서 사물을 하나하나 관찰하여 그것을 바탕으로 근본 원리를 찾아내는 귀납법이 학문연구에 가장 올바른 방법이라고 주장했어요.
"아는 것이 힘이다."라는 말을 한 것으로도 유명해요

키너는 집을 떠나 뉴욕으로 가서 서점 점원으로 일해요. 그러다가 마침내 자신의 일생을 바꾸게 되는 책을 만나요. 바로 파블로프와 왓슨이 쓴 책들이었어요. 그 책을 읽고 감동한 스키너는 행동주의에 빠지게 되고, 심리학을 더 공부하기로 마음을 굳혀요. 그래서 24세가 되던 해, 하버드 대학의 심리학과에 입학했어요.

● 심리학을 공부하다

스키너는 하버드 대학에서 윌리엄 크로지어라는 선생님을 만나요. 크로지어는 생리학을 가르치는 교수였는데, 동물의 행동을 주로 연구했어요. 크로지어의 연구는 스키너의 관심에 딱 들어맞았어요. 스키너도 자극에 따라 동물의 행동이 어떻게 변화하는지를 연구하고 싶었거든요. 크로지어 선생님의 가르침을 받아 스키너는 열심히 연구했어요. 게다가 스키너는 기계장치를 만드는 재주가 뛰어났어요. 그래서 여러 가지 실험 장치를 스스로 만들어서 실험해요.

쥐를 가지고 여러 가지 연구를 하던 스키너는 지금까지 알려지지 않았던 사실을 발견하게 돼요. 스키너는 상자 안에 있는 쥐가 막대를 누르면 먹이를 주는 실험을 했어요. 그런데 쥐가 막대를 누르는 횟수가 막대를 누른 다음에 먹이를 주는 방법에 따라 달라졌어요. 이게 왜 새로운 발견일까요?

파블로프와 왓슨이 했던 실험을 다시 생각해 볼까요? 파블로프는 개에게 먹이를 주기 전에 벨 소리를 들려 줬어요. 왓슨은 앨버트가 곰 인형을 잡으려 할 때 커다란 소리를 냈지요. 행동하기 전에, 혹은 동시에 나온 자극이 행동을 변화시킨다는 것이 그때까지 기본 생각이었어요. 그런데 스키너는 행동한 다음에 주어지는 자극도 행동을 변화시킨다는 것을 찾아냈어요. 이 현상은 그때까지 밝혀지지 않았어요. 스키너는 여기에 '조작적 조건 형성'이란 이름을 붙였어요. '조작적'이란 동물이 주위 환경을 이용한 행동으로 원하는 목적을 이룬다는 의미에요.

그 후 5년 동안 스키너는 이 현상을 연구하기 위해 여러 가지 실험을 해요. 그리고 연구 결과를 모아 1938년 그의 첫 번째 책인 《유기체의 행동》을 펴내요.

자 그럼 스키너의 조작적 조건 형성이 무엇인지를 자세히 살펴볼까요?

● 조작적 조건 형성

스키너가 만든 실험 장치를 '스키너 상자'라고 불러요. 스키너 상자는 상자 안에 쥐를 넣고, 쥐가 돌아다니다 막대를 누르면 먹이를 주는 장치에요.

스키너 상자

　그림처럼 상자 안의 쥐가 막대를 누르면 먹이통에서 먹이가 나와요. 상자 안에 들어간 쥐는 처음에는 여기저기 돌아다니면서 냄새를 맡기도 하고 이것저것 건드려 보기도 하면서 주위를 조사해요. 그러다가 우연히 막대를 누르면 먹이가 아래로 떨어져요. 오래 지나지 않아, 쥐는 막대를 누르면 먹이가 나온다는 것을 배우고 먹이를 얻고 싶으면 막대를 눌러요.

　쥐는 왜 막대를 누를까요? 바로 먹이 때문이에요. 쥐는 막대를 누르는 행동으로 환경을 조작해서, 자기가 원하는 결과를 얻어요. 이것이 조작적 조건 형성의 기본 원리예요. 어떤 행동을 한 결과로 내가 원하는 것을 이룬다면 그 행동을 계속 하겠지요? 이것을 심리학에서는 '강화'라고 하고, 이때 나오는 먹이를 '보상' 또는 '강화물'이라고 해요.

　그렇다면 쥐가 막대를 눌러도 더는 먹이를 주지 않으면 어떻게 될까요? 쥐는 점점 막대를 덜 누르게 되고, 나중에는 막대가 상자 안의 다른 환경과 차이가 없어져요. 이처럼 보상이 없어져서 한 번 배웠던 행동을 하지 않게 되는 것을 '소거'라고 해요. 없앤다는 의미에요.

이번에는 실험 장치를 조금 바꿔 볼게요. 스키너 상자의 바닥에 전선을 연결해요. 쥐가 막대를 눌렀을 때 먹이를 주는 대신, 전기를 흘려서 찌릿하게 하면 쥐는 어떻게 할까요? 처음 몇 번은 막대를 눌러 먹이가 나오기를 기대하지만, 먹이는 나오지 않고 계속 찌릿하게 전기 충격만 받는다면 다시는 막대를 누르지 않겠지요? 어떤 행동을 해서 내가 원하는 결과가 아닌 나에게 해를 끼치는 결과가 나오면 더는 그 행동을 하지 않아요. 이것을 '처벌'이라고 불러요.

우리 생활에서도 비슷한 현상을 쉽게 찾을 수 있어요. 엄마를 도와 집 청소를 하면 용돈을 받을 수 있다고 해볼게요. 그러면 여러분은 열심히 청소하겠지요? 그런데 어느 날부터 엄마가 더는 용돈을 주지 않아요. 그러면 점점 청소를 안 하려고 할 거예요.

'모든 동물은 좋은 결과가 뒤따르는 행동은 많이 하고, 자기에게 해를 끼치는 결과가 뒤따르는 행동은 하지 않는다'라는 것이 스키너의 기본 아이디어이고, 조작적 조건 형성의 기본 원리랍니다.

● 새로운 행동을 가르치기

쥐가 발로 막대를 누르는 행동은 우연히 일어날 수 있어요. 쥐는 자연스럽게 여기저기 돌아다니면서 발로 건드려 보거든요. 동물이 평상시에는 하지 않는 행동을 조작적 조건 형성을 이용해서 가르칠 수 있을까요?

스키너는 스키너 상자 벽에 있는 반짝이는 작은 원을 비둘기가 쪼도록 훈련했어요. 처음에는 비둘기가 원이 있는 방향으로 몸을 돌리기만 해도 먹이를 주었어요. 그러면 비둘기는 자주 그쪽으로 몸을 돌릴 거예요. 그러다가 원으로 조금이라도 다가가면 먹이를 주었어요. 가까이 다가갈수록 먹이를 주다가 나중에는 원에 머리가 닿으면 먹이를 주었어요. 이런 식으로 새로운 행동을 조금씩 유도해서 만들어 내는 것을 '조성'이라고 해요.

서커스에서 동물들이 여러 가지 재주를 부리지요? 사자가 불붙은 철망 사이를 뛰어넘기도 하고, 코끼리가 작은 발판 위에 올라서기도 해요. 이 행동은 모두 조작적 조건 형성, 특히 조금씩 원하는 행동을 유도하는 '조성'으로 만들어진 것이에요.

스키너는 비둘기를 훈련해 피아노를 연주하게도 하고, 두 마리의 비둘기가 탁구 경기를 하도록 훈련을 시키기도 했어요. TV에서 이런 묘기를 보여주기도 했답니다. 사람들은 열광했어요. 스키너를 동물의 마술사로 생각하기도 했답니다.

● 폭탄을 나르는 비둘기

스키너는 하버드 대학에서 박사 학위를 받은 후 1936년부터 미네소타 대학과 인디애나 대학에서 심리학을 가르쳐요. 그러던 중 제2차 세계대전이 터지고 스키너는 비밀 연구를 수행하게 되었어요. 비둘기를 이용해서 폭탄을 떨어트리는 연구였지요.

미국 해군은 폭탄을 현대 미사일처럼 적군의 배에 정확하게 떨어뜨리고 싶었어요. 하지만 당시에는 그런 기술이 부족했어요. 그래서 스키너는 비둘기가 폭탄을 조정하도록 훈련했어요. 우선 비둘기에게 적군 군함 모양이 나타나면 화면을 쪼도록 훈련했어요. 그다음 글라이더처럼 날아가는 폭탄을 만들고, 폭탄 바깥에 카메라를 달아 바깥 장면을 촬영하도록 했지요. 그리고 폭탄의 앞부분에 작은 방을 만들어 카메라가 찍은 영상이 나타나는 화면을 설치했어요. 그 방에 훈련받은 비둘기를 넣어 두었는데, 비둘기는 화면에 군함 모양이 나타나면 부리로 쪼았어요. 화면 왼쪽에 배가 나타나면 비둘기는 그 위치를 쪼고, 그러면 글라이더는 왼쪽으로 방향을 바꿨어요. 이렇게 목표를 찾아갔어요. 비둘기가 조종사인 거예요. 하지만 이 연구는 실제 사용되지는 않았어요. 레이다가 발명되어 그럴 필요가 없었기 때문이에요.

● 아기 침대를 만들고 소설도 쓰다

스키너는 둘째 딸이 태어나자 부인이 아기를 돌보는 어려움을 덜어 주고 싶었어요. 그래서 새로운 아기 침대를 만들었지요. 이 침대는 청소하기 쉽고, 온도와 습도를 조절하기 편했어요. 그는 이 침대에 관한 글을 여성 잡지에 보내요. 사람들은 유명한 심리학자가 여성 잡지에 글을 실어 깜짝 놀랐답니다. 스키너의 둘째 딸은 아버지가 발명한 아기 침대에서 자랐어요.

또, 원래 작가가 되고 싶어 했던 스키너는 1948년 《월든 투 walden two》라는 소설을 써요. 월든 투는 1000여 명이 모여 사는 가상의 사회예요. 이 사회에서는 행동주의 원리에 따라 사람의 행동을 만들어서 살아요. 아이들은 집에서 자라는 것이 아니라 공동 교육 기관에서 모두 평등하게 키워지지요. 그 사회에서 일어나는 모든 일은 다 계획돼 있어요. 이 책은 한마디로 행동주의 원칙에 따라 설계된 평화롭고 이상적인 사회를 그리고 있는데, 지금도 인기도서로 여러 나라의 서점에서 팔리고 있답니다.

1948년 스키너는 하버드 대학의 교수로 다시 돌아와서 많은 연구를 하고 제자를 길러내요. 그러던 도중 둘째 딸이 4학년이 되었을 때, 초등학교 수업을 참관할 기회가 생겼어요. 4학년 수학 수업을 참관하던 스키너는 깜짝 놀랐어요. 수학 수업을 듣는 학생의 절반은 선생님이 하는 이야기를 이해하지 못하고, 절반은 이미 다 아는 것이라 새롭게 배우는

게 없었던 거예요. 게다가 가르치는 방식은 행동주의 원리와 하나도 들어맞지 않았어요.

● 행동주의 원리에 따른 교육 설계

행동주의 원리에 따르면 새로운 것을 잘 배우려면 개인의 수준에 맞는 문제를 풀고, 결과에 대한 보상이 바로 주어져야 해요. 학생마다 각자 이해 수준에 맞는 문제를 풀고, 그 문제의 해답과 풀이를 바로 가르쳐 주어야 한다는 것이지요. 하지만 선생님 한 명이 30여 명의 학생을 이 방식대로 가르치기는 힘들었어요.

스키너는 참관 수업에서 돌아오자마자 '가르치는 기계'를 만들기 시작해요. 우선 학생이 배워야 하는 내용을 여러 개로 나눠서 다양한 수준의 문제를 만들어요. 그리고 한 번에 한 문제씩 보여주면서 풀게 했어요. 정답을 맞히면 바로 보상을 해 주었지요. 만일 학생이 특정 수준의 문제를 계속 틀리면, 좀 더 쉬운 문제를 냈어요, 계속 맞추면 다음 단계로 조금씩 어려워졌고요.

요즘은 이런 방식으로 문제를 푸는 것이 흔하지요? 특히 컴퓨터를 이용한 문제 풀이에 주로 사용돼요. 이런 방식을 처음 생각해낸 것이 바로 스키너였어요.

● 유명해진 스키너

스키너는 1971년에 사람은 의지를 갖추고 자유롭게 자신의 행동을 결정하는 것이 아니라, 환경에서 주어지는 보상과 처벌 때문에 행동이 결정된다는 주장을 담은 『자유와 존엄을 넘어서』라는 책을 써요. 이 책에는 행동주의 심리학뿐 아니라, 스키너가 가지고 있던 인간에 대한 철학이 담겨 있어요.

스키너는 유명인사가 되었어요. TV에도 여러 번 출연했지요. 하지만 그만큼 스키너의 생각에 반대하는 사람도 많아졌어요. 특히 인간이 자유 의지를 가진 존재가 아니라 단순히 환경과 자극에 반응하는 존재라는 주장은 큰 반대를 불러일으키기도 했지요.

1974년 스키너는 하버드 대학의 교수에서 물러나 공식적으로 은퇴해요. 하지만 연구와 글쓰기는 계속했고, 신문이나 TV에도 자주 등장해서 심리학을 잘 모르는 사람들에게까지 유명해져요.

1989년 스키너는 백혈병에 걸리지만 활발한 활동을 멈추지 않아요. 그는 1990년 86세로 세상을 떠나기 10일 전까지 많은 청중 앞에서 강연했답니다. 스키너는 위대한 행동주의 심리학자, 발명가, 그리고 소설가였어요.

● 행동은 외부 환경에 의해 만들어진다

　오랜 시간 동안 철학자와 심리학자들이 탐구했던 사람의 마음, 인간의 본성은 스키너의 관심사가 아니었어요. 그는 평생 정신, 사고, 기억, 추론과 같은 것은 없다고 생각했어요. 스키너의 목표는 사람의 마음을 이해하는 것이 아니라 외부 환경에 의해 행동이 어떻게 만들어지는지를 알아내는 것이었지요.

　또한, 그는 우리가 하는 모든 행동이 보상과 처벌로 만들어진다고 믿었어요. 스키너는 자기 생각이 옳다고 확신해서 이렇게 이야기했어요.

　"행동주의는 더욱 다듬어질 필요가 있지만, 옳은지 그른지 따질 필요는 없다."

　스키너의 주장에 반대하는 사람들도 많았어요. 심리학자 중에서는 마음을 다시 살려내려는 움직임이 시작되기도 했지요. 하지만 스키너를 싫어하는 사람도 스키너가 밝힌 조작적 조건 형성의 원리와 그 원리가 사람과 동물의 행동을 바꾼다는 점은 인정할 수밖에 없었어요.

　스키너의 발견은 심리학뿐 아니라 다양한 분야에서 활용되었어요. 특히 교육과 심리치료 분야에서는 널리 쓰이고 있지요. 그리고 그 원리는 일상생활에서도 쉽게 발견돼요. 우리 강아지는 내가 손을 내밀면 손 위에 발을 얹어요. 왜 그럴까요? 주인이 사랑해서일까요? 아니면 조작적 조건 형성 때문일까요?

스키너는 미신 행동을 어떻게 해석할까?

"시험 보기 전날 미역국을 먹으면 시험을 망친다."

"장례식 차량을 보면 재수가 좋다."

이런 이야기를 들어 본 적이 있나요? 야구선수가 타석에 들어서기 전에 방망이로 운동화 바닥을 두 번 두드린다든지, 농구 선수가 자유투를 하기 전에 바닥에 공을 꼭 세 번만 튕긴다든지 사람들은 중요한 일을 하기 전에 버릇처럼 독특한 행동을 하기도 해요. 하지만 합리적으로 생각하면 이런 행동들은 일이 잘 되는 것과는 관계가 없어요.

이처럼 관계가 없는 두 행동을 연관 짓는 것을 '미신 행동'이라고 불러요. 스키너는 미신 행동의 기본 원리를 비둘기 실험을 통해 밝혔어요.

스키너는 비둘기를 스키너 박스에 넣고 먹이를 주었어요. 그런데 이 실험에서는 막대를 쪼거나 건드리면 먹이가 나오는 것이 아니라, 15초가 지날 때마다 무조건 먹이가 나왔어요. 먹이는 비둘기가 하는 행동과는 아무 관계가 없었어요. 그런데 시간이 지날수록 비둘기들은 특정한 행동을 많이 하기 시작했어요. 어떤 행동일까요? 바로, 먹이가 나오기 직전에 우연히 했던 행동이에요.

어느 비둘기는 먹이가 나오기 전에 왼쪽으로 돌고 있었어요. 이 비둘기는 시간이 지나면 지날수록 먹이가 나오기 전에 왼쪽으로 빙빙 도는 행동을 했어요. 왼쪽으로 도는 행동과 먹이가 나오는 현상을 잘못 연결한 거지요. 우연히 고개를 끄덕일 때 먹이가 나온 비둘기는 계속 머리를 흔들어 댔고요.

　스키너는 미신 행동은 관계없는 행동과 보상을 잘못 연결한 것이라고 설명했어요. 우연히 방망이로 운동화를 툭툭 건드리고 홈런을 친 야구선수는 다음부터는 타석에 들어서기 전에 항상 운동화를 방망이로 치겠지요. 마치 빙빙 돌다가 우연히 먹이를 얻은 비둘기처럼 말이에요.

다시 마음을 살려내다

조지 아미티지 밀러

George Armitage Miller

· 1920~2012 ·

조지 아미티지 밀러는 심리학에서 마음을 다시 살려낸 심리학자예요. 심리학에서 마음을 다시 살려냈다는 게 무슨 뜻일까요? 원래 사람의 마음을 탐구하는 학문이 심리학이잖아요. 언뜻 보면 이상한 말이지만 사실이었어요.

1920년부터 약 40여 년간 심리학의 중심에 '마음'은 없었어요. 왓슨과 스키너가 중심이 되었던 행동주의의 주장을 기억해 봐요. 행동주의는 심리학 연구에서 마음을 없애 버렸어요. 행동주의를 따르는 심리학자들은 마음은 볼 수도 없고 만질 수도 없는 허구의 산물이라고 생각하고, 과학적인 심리학의 연구 대상에서 아예 없애 버렸지요. 그들은 눈으로 보고, 측정할 수 있는 자극과 자극으로 만들어지는 행동만을 심리학의 연구 대상으로 삼았어요.

행동주의 심리학은 특히 미국에서 널리 퍼졌고, 많은 학자들이 따랐어요. 그야말로 '행동주의가 왕'인 시대였어요. 물론 독일을 중심으로 한 유럽에는 형태주의 심리학을 연구하는 사람들도 있었고, 성격심리학이나 발달심리학, 사회심리학은 행동주의가 아닌 다른 원리를 찾아나섰지만 그 수가 적었어요.

하지만 시간이 흐르면서 행동주의에 의문을 품는 사람이 늘어갔어요. 또 컴퓨터가 만들어지고 두뇌를 연구하는 생리학이 점점 발전하면서 사람의 학습, 기억, 문제 해결, 추론 같은 마음의 작용에 관한 관심이 커졌어요. 이들은 마음을 내부를 들여다볼 수 없는 블랙박스라고 생각해서 저 멀리 치워 버리는 대신, 그 상자 안에서 어떤 일들이 어떤 과정을 거쳐 생겨나는지를 들여다보기 시작했어요.

이 움직임은 1950년대부터 싹을 틔우기 시작해서 1960년대에 들어서면서 점점 큰 흐름이 되어요. 심리학에서는 이 움직임을 '인지 혁명'이라고 불러요. 인지란 우리 머릿속에서 일어나는 생각을 뜻해요. 머릿속에서 일어나는 생각을 연구하는 것이 혁명처럼 거대한 변화를 일으켰다는 뜻을 담고 있어요.

인지 혁명은 한두 사람의 뛰어난 학자가 주도한 것이 아니에요. 비슷한 생각이 많이 모여 큰 물줄기를 만들어 낸 것이지요. 하지만 그중에서도 대표적인 사람을 꼽으라면 조지 밀러라는 미국의 심리학자를 들 수 있어요.

● 심리학을 공부하기까지

조지 밀러는 미국의 웨스트버지니아주 찰스턴에서 태어났어요. 밀러가 태어나고 얼마 지나지 않아 부모님이 이혼해서 밀러는 어머니와 함께 살았어요. 찰스턴 고등학교를 졸업한 후 워싱턴 D.C로 이사해서 워싱턴 대학에 입학해요. 하지만 가족이 앨라배마 주로 옮겨가 밀러도 앨라배마 대학을 다녀요. 대학에서는 글의 소리를 연구하는 음성학을 주로 공부해요.

밀러는 원래 심리학을 싫어했어요. 그런데 대학교 3학년 때 캐털린 제임스라는 여학생을 좋아하게 되었어요. 그 여학생은 도덜드 램스데일 교수의 집에 모이는 작은 규모의 심리학 공부 모임에 참가하고 있었어요. 밀러는 캐털린을 따라 심리학 세미나에 참석해서 램스데일 교수와 친해지고, 함께 심리학을 공부하기 시작했어요.

몇 년 후 밀러는 '말하기speech' 연구로 석사 학위를 받아요. 한 번도 정식으로 심리학 과목을 배우지 않았는데도 램스데일 교수는 밀러에게 대학생들에게 심리학을 가르칠 것을 권했어요. 캐털린과 결혼해서 가정을 꾸린 밀러는 직업이 필요했기 때문에 램스데일 교수의 제안을 받아들여서 2년 동안 심리학을 가르치는데, 이때 완전히 심리학에 빠져들어요.

1943년 밀러는 심리학을 제대로 공부하기 위해 하버드 대학교 대학원에 진학해요. 이곳에서 본격적으로 심리학자의 삶을 시작해요. 당시 밀러가 연구했던 주제는 사람이 소리를 어떻게 듣는지에 관한 것이었어요. 학교에 다니던 중 제2차 세계대전이 발발하고 밀러는 육군 통신대에서 일해요. 전쟁이 끝난 후 1946년에 하버드 대학에서 박사 학위를 받아요.

● 본격적인 심리학 연구를 시작하다

졸업 후 밀러는 하버드 대학의 연구원으로 일하다가 1948년 조교수가 돼요. 그는 주로 언어와 커뮤니케이션을 연구했어요. 1950년에는 1년간 프린스턴 고등연구소에서 연구하는데, 프린스턴 고등연구소에는 유명한 물리학자와 수학자가 많았어요. 밀러는 그들과 함께 어울리며 수학을 공부했어요.

그다음 해부터 밀러는 MIT의 심리학과에서 일해요. 이곳에서는 주로 사람이 말소리를 어떻게 알아듣는지를 연구하지요. 이때의 연구를 바탕으로 1956년에는 그의 가장 유명한 논문 〈마법의 숫자 7 더하기 혹은 빼기 2〉를 발표해요.

숫자 7은 사람이 잠깐 기억할 수 있는 것의 개수를 의미해요. 밀러는 사람이 잠깐 기억할 수 있는 한계는 평균 7개 남짓이라고 했어요. 7개의 숫자, 7개의 낱말, 7개의 단어를 잠깐 기억할 수 있지만 그 이상은 기억하기 어렵다는 거예요. 평균 7개 남짓이라고 한 이유는 사람마다 조

감각기억, 단기기억, 장기기억

기억이란 어떤 일을 머릿속에 담아 두었다가 필요할 때 끄집어내는 마음의 과정이에
요. 기억에는 여러 종류가 있는데, 얼마나 오래 기억이 유지되느냐를 기준으로 감각
기억, 단기기억, 장기기억으로 나눌 수 있어요.

눈을 감아 봐요. 지금 내가 보던 것이 잠깐 남아 있지요? 이것이 감각기억이에요. 감
각기억은 아주 짧은 동안 유지 돼요. 시각의 경우는 1/4초 정도 유지된다고 해요.

밀러의 마법의 숫자는 단기기억에 관한 것이에요. 단기기억은 5~7개의 항목을 길게
는 2~30초 까지 기억하고 있어요.

장기기억은 머릿속에 오랫동안 남아 있는 기억이에요. 어떤 내용은 일평생 남아 있기
도 해요. 크기도 아주 커서 무한히 많은 내용을 기억할 수 있어요. 흔히 "기억력이 나
쁘다"라고 하는 것은 장기기억과 관련된 것이에요.

금씩 차이가 있고, 기억해야 하는 내용에 따라 조금씩 차이가 날 수 있
기 때문이에요. 즉, 논문의 제목처럼 5개(7-2)부터 9개(7+2) 사이가 한
꺼번에 기억할 수 있는 범위에요.

이때의 '기억'은 내용을 짧은 시간 동안 머리에 담아 두는 거예요. 영
어 단어를 외운다든지, 책을 열심히 읽어 내용을 기억하는 것과는 달라
요. 식당에서 주문을 받는 사람이 손님의 주문 내용을 잠깐 기억해서
주방에 전달할 때, 친구 집 아파트 동, 호수를 휴대폰 메모장에 기록하
기 전에 잠깐 기억하는 것이에요. 이렇게 잠깐, 길어야 2~30초 정도 가
지고 있는 기억을 심리학에서는 단기기억이라고 해요. 밀러의 연구는
단기기억에 저장되는 정보의 크기가 얼마인지를 알아본 거예요.

● '인지'의 깃발을 들다

밀러는 1955년 하버드 대학으로 돌아오고, 1958년 교수가 돼요. 이때 노엄 촘스키라는 젊은 학자를 만나요. 두 사람은 뜻이 맞아 금방 친해져요.

1960년 여름 두 사람은 스탠퍼드 대학교에서 함께 연구해요. 여기서 밀러는 행동주의가 아닌 새로운 방식으로 사람의 마음, 그중에서도 특히 사고하는 방식을 탐구할 수 있다는 믿음을 가지게 되었어요.

1960년 가을, 하버드 대학으로 돌아온 밀러는 사람을 자극과 반응의 연결로 좁게 보는 행동주의 심리학을 견딜 수 없었어요. 그래서 자기 생각을 실행에 옮기기 시작했어요. 친구이자 동료인 사회심리학자 제롬 브루너와 힘을 합쳐 사람의 마음을 집중적으로 연구하는 연구소를 만들기 위해 여기저기 뛰어다녔어요.

두 사람은 하버드 대학의 학장을 설득하는 데 성공해서 '하버드 인지 연구센터'를 설립해요. 당시까지만 해도 심리학계에서 '인지'라는 용어를 쓰는 것만으로도 반항으로 여겨질 정도였어요. 하지만 밀러는 '인지'라는 단어를 사용하는 것이야말로 '사람의 마음에 관심을 집중한다'고 세상에 선언하는 것으로 생각했지요.

이 연구 센터에는 장 피아제, 노엄 촘스키 같은 유명한 학자들이 찾아오게 되었고, 밀러는 새로운 변화의 중심이 되었어요. 심리학은 다시 빠른 속도로 마음에 관심을 기울이기 시작했어요.

변화는 빠르게 진행되었어요. 처음에는 소수의 심리학자가 연구실에서 쥐와 미로, 스키너 상자를 치우고 사람의 마음을 연구하기 시작했어요. 이 숫자는 점점 늘어났어요. 10년이 채 지나기도 전에 많은 연구자가 이 흐름에 동참했어요. 이것을 '인지 혁명'이라고 불렀지요.

노엄 촘스키(1928~)

노엄 촘스키는 미국의 언어학자이자 철학자이고 역사가, 사회비평가로 활동하고 있는 위대한 학자예요. 20세기 언어학에 가장 중요한 공헌을 한 학자이며 스키너의 행동주의를 비판하고 인지 혁명을 이끌기도 했어요.
촘스키는 여전히 활발히 활동하고 있어요. 지금은 언어학이나 철학 연구보다는 사회에서 생기는 많은 문제점을 날카롭게 꾸짖는 비평가로 더 유명해졌어요.

● 새로운 연구, 워드넷

밀러는 하버드 대학에서 연구와 강의를 하고 많은 제자를 키웠어요. 1968년에는 록펠러 대학으로 옮겼다가 나중에는 프린스턴 대학교에서 '인지 과학 실험실'을 만드는 데 이바지합니다.

밀러는 심리학 연구에 컴퓨터를 적극적으로 활용했어요. 1986년부터는 '워드넷'이란 걸 만들어요. 워드넷은 사람의 기억을 본떠, 단어의 뜻과 그 단어의 반대말, 비슷한말 등이 들어있는 커다란 전자사전 같은 것이었어요.

원래 사람이 언어를 이해하는 과정을 연구할 목적으로 '워드넷'을 만들었지만, 다양한 분야에서 쓰여요. 워드넷은 계속 발전해서 지금도 여러 나라에서 자동으로 글의 의미를 이해하고, 외국어를 자동 번역하는 데 활용된답니다.

● 인지 혁명의 발전

밀러는 행동주의가 지배하는 심리학에 다시 사람의 마음을 되살린 사람이었어요. 밀러가 앞장섰던 '인지 혁명'은 심리학을 넘어 모든 분야로 퍼져 나갔지요.

마침 당시에는 심리학이 아닌 다른 분야에서도 사람의 마음이 어떻게 작동하는지에 대한 지식이 쌓여 갔어요. 뇌와 신경세포의 기능을 연구하는 신경과학 분야에서는 사람이 생각할 때 신경세포가 어떤 반응을 하는지, 뇌는 어떻게 달라지는지를 알아보는 관한 연구가 활발해졌어요.

수학자들은 사람이 정보를 처리하는 방식에 관한 수학 모형을 발전시켰고, 인류학자들은 문화의 차이에 따라 생각하는 방식이 달라진다는 사례를 찾아냈어요. 게다가 사람 대신 계산을 하고 문제를 푸는 컴퓨터가 등장해서 본격적으로 사용되기 시작했어요. 컴퓨터는 연구를 하는 데 사용하는 새로운 도구이기도 했지만, 사람의 마음이 어떻게 구성돼 있고, 어떻게 작동하는지에 대한 새로운 모델을 보여 주었어요.

1970년대 후반이 되면 심리학뿐 아니라, 사람의 마음을 연구하는 다른 분야가 점점 모이게 돼요. 그래서 '인지 심리학'이 아닌 '인지 과학'이라는 이름으로 불리게 되지요. 심리학에서 한 걸음 더 나가, 사람의 마음, 특히 사고과정을 연구하는 새로운 학문이 등장한 거예요.

이 흐름의 중심에서 새로운 생각을 널리 알리는 데 힘을 쓴 밀러는 많은 사람의 존경을 받았어요. 여러 유명 대학에서 명예박사 학위를 받고, 미국 심리학회의 회장을 지내기도 해요.

그는 2012년 92세의 나이로 삶을 마칩니다. 그와 같이 인지 혁명에 앞장섰던 학자들과 그의 후배, 제자들은 새로운 과학을 만들어 내고, 발전시키는 데 여전히 활약하고 있어요.

여러분은 집에서, 학교에서, 아니면 PC방에서 컴퓨터로 게임을 하거나 인터넷 검색을 하거나, 동영상을 보지요? 혹시 스마트폰을 가지고 있나요? 스마트폰 역시 컴퓨터랍니다. 우리에게 많은 편리함과 즐거움을 가져다준 컴퓨터는 계산, 추리, 문제 풀이 등 사람의 '인지'를 대신하기 위해 만들어진 기계에요.

컴퓨터는 2차 세계대전 당시 전쟁을 하는 데 필요한 온갖 계산을 빠르고 정확하게 하기 위해서 본격적으로 개발되기 시작했어요. 전쟁이 끝난 후에는 복잡한 연구에 활용되다가 1970년대 이후 일반인들 사이에서도 사용되기 시작했지요. 이 컴퓨터를 사람의 마음처럼 만들려는 생각은 1940년대에 등장했어요. 존 폰 노이만이라는 학자는 아래 그림과 같은 컴퓨터의 구조를 생각해 냈어요.

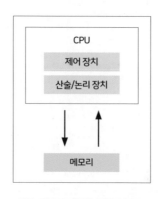

폰 노이만이 제안한 컴퓨터 구조

    가운데의 커다란 박스 안에는 CPU와 메모리가 있어요. 바로 사람의 두뇌와 비슷한 기능을 하는 장치들이에요. 메모리는 말 그대로 '기억'이에요. CPU는 메모리에 있는 정보를 꺼내 계산하는데, 마치 우리가 어떤 내용을 기억해 내서, 특정한 일을 수행하는 것과 비슷해요.

    입력장치는 키보드, 마우스, 카메라 같이 필요한 정보를 입력하는 장치예요. 사람으로 따지면 외부의 정보를 받아들이는 눈, 코, 귀와 같은 기관에 해당해요. 출력장치는 모니터, 프린터 같이 내용을 보여주는 장치인데 사람으로 따지자면 반응에 해당해요. 이처럼 컴퓨터의 구조는 사람과 흡사하게 만들어졌고, 사람을 닮아 가는 방향으로 발전했어요.

    오늘날 컴퓨터는 사람과 더욱 비슷하지요? 내 말에 대답도 하고, 채팅에 답장도 해요. 또 사람보다 바둑을 더 잘 두는 알파고 같은 컴퓨터도 있답니다.

인지혁명은 어떻게 발전했는가

'인지 혁명' 이후 심리학은 다양한 분야의 영향을 받아 함께 발전했어요. 그중 '신경과학neuro science'과 '컴퓨터 과학computer science'이 가장 큰 영향을 줬어요. 심리학은 다양한 학문이 함께하는 '인지 과학'으로 뻗어 나가고 있어요. 또한, 실제 문제를 해결하는 응용 분야도 크게 발전하고 있답니다.

● 신경과학

신경과학은 사람의 신경계를 연구하는 학문이에요. 신경계는 우리가 보고, 듣고, 만지고, 냄새 맡고, 맛보고, 또 몸의 각 부분을 움직이고 조절하는 기관 전체에요. 여기에는 뇌도 포함돼요. 신경계를 이루는 세포를 '신경 세포', '뉴런neuron'이라고 해요. 뉴런들은 서로 복잡하게 연결되어 정보를 주고받으면서 사람의 행동을 만들어내요.

우리 뇌에는 약 1000억 개의 뉴런이 있고, 서로 연결된 수는 약 100조 개에 이른다고 해요. 신경과학은 뉴런과 뉴런의 연결을 탐구해서 마음의 비밀을 밝히려고 해요.

신경과학 연구 방법 가장 오래된 신경과학 연구 방법은 사고나 질병으로 뇌에 손상을 입은 환자를 대상으로 했어요. 뇌의 특정 부위가 손상되면 어떻게 행동이 변화하는지를 알 수 있었죠. '피니어스 게이지' 사례가 가장 유명해요. 미국인 철도 건설 노동자였던 게이지는 1894년 바위 폭파 중 쇠막대가 얼굴 일부를 관통하는 큰 사고를 당해요. 게이지는 기적적으로 살아남았지만 성격이 완전히 바뀌었어요. 사고 이전에는 온순하고 성실했는데, 사고 후에는 감정 기복이 심해져 자주 화를 내었고 끈기 있게 일하지 못했답니다. 게이지의 사례는 뇌의 특정 부분이 마음, 성격을 담당한다는 증거로 받아들여졌어요.

뉴런에 아주 가느다란 침을 꽂고 전선을 연결해서 어떤 행동을 할 때 그 뉴런에서 나오는 전기 신호를 감지하는 연구 방법도 있어요. 뉴런의 활동을 직접 알아볼 수 있지만, 사람을 대상으로 하기에는 위험하기 때문에 주로 동물을 대상으로 해요.

'뇌 영상' 방법도 널리 쓰이는데, 그중에서도 fMRI가 대표적이에요. 뇌의 활동 부위에는 공급되는 혈액량이 증가하는데, 이 모습을 사진처럼 찍어서 봐요. 계산, 읽기 등을 하면서 fMRI를 찍어보면 뇌의 어떤 부위가 그 행동을 담당하는지 눈으로 확인할 수 있었어요. 지금도 많은 연구자들이 사용하는 방법이랍니다.

인지 신경과학 심리학자와 신경과학자들은 사람의 인지 과정 변화를 여러 방법으로 연구했어요. 학습, 기억, 이해 등 복잡한 사고과정이 아주 작은 뉴런과 그 뉴런의 연결로 일어난다는 사실을 알게 되었지요. 자유 의지, 신념, 사랑 같은 복잡한 마음도 신경과학을 통해 알 수 있다고 해요. '마음'이 물리적인 실체를 가진다는 것을 알려준 거예요. 하지만 인간의 마음을 뉴런의 연결만으로는 설명할 수 없다고 주장하는 사람들도 있어요. 아직 뇌의 신비를 전부 밝히기에는 부족하지만, 신경과학 연구는 조금씩 마음의 실체에 접근하고 있어요.

● 컴퓨터 과학

컴퓨터는 사람의 마음 작용을 본따 만든 기계이기 때문에 서로 연결점이 많아요. 컴퓨터는 반도체 회로로 주고받는 0과 1의 전기 신호로 복잡한 계산을 해요. 사람의 뇌는 뉴런의 연결을 통해 신호를 전달하고, 사고와 판단을 해요.

컴퓨터 과학은 뉴런이 어떻게 연결되어 신호를 주고받으면 마음이 작동하는지를 연구해요. 분트가 찾았던 마음의 기본 구성 요소가 뉴런이고, 제임스가 탐구했던 마음의 기능은 컴퓨터로 드러난다고 할 수 있어요.

인지 과학이라는 큰 울타리 인지 심리학, 신경과학, 컴퓨터 과학 등 사람의 마음을 다루는 각 분야는 '인지 과학'이라는 울타리 안에 모여들었어요. 인지 과학이란 '사람이 생각하는 것을 연구하는 학문'이라는 뜻이에요. 철학, 언어학, 인류학, 사회학, 생물학 등 다양한 분야가 함께해요. 그래서 이제는 심리학과 다른 분야의 연구를 구분하기 어렵고, 심리학자, 신경과학자, 컴퓨터 과학자가 모두 함께 마음의 비밀이라는 하나의 주제를 탐구하기도 해요.

● 다양한 분야에서 응용

오늘날 심리학을 공부한 사람들은 아주 다양한 분야에서 일하고 있어요. 학교, 회사와 같은 단체에서는 구성원이 겪는 어려움을 상담해 주기도 하고, 일할 사람을 선정하고 교육하는 일도 해요. 제임스 왓슨이 처음 시작했던 것처럼 광고업계에도 많은 심리학 전공자가 필요하답니다. 어찌 보면 세상의 모든 일에는 사람이 관련되어 있으니 심리학도 모든 일에 활용될 수 있지요. 앞으로 세상이 더 복잡해질수록 심리학 지식은 더욱 필요할 거예요.

지금까지 우리는 새로운 생각을 처음 만들어 내거나, 새로운 분야를 처음 시작한 훌륭한 심리학자들이 사람의 마음을 어떻게 탐구했는지를 살펴보았어요.

심리학의 역사는 어떻게 보면 길고, 어떻게 보면 짧아요. 사람의 마음을 탐구한 것은 지금으로부터 3000년 전부터였지요. 그래서 심리학의 역사는 길어요. 하지만 심리학이 철학이나 생리학의 일부가 아닌 독립적인 학문으로 탄생한 것은 150년도 채 안 되었지요. 그래서 심리학의 역사는 짧아요.

역사가 길다는 것은, 심리학에서 다루는 문제가 인류 보편적인 문제이고, 모두가 해답을 얻고자 한다는 증거예요. 또, 역사가 짧다는 것은 앞으로 그 문제들을 더욱 새로운 방법으로 풀 수 있다는 가능성이에요. 심리학은 긴 역사를 뿌리로 하고, 컴퓨터 과학이나 생리학의 새로운 방법을 자양분으로 삼아 발전하는 중이에요.

그래서 1960년 이후에는 철학, 언어학, 수학, 컴퓨터 과학, 뇌 연구 등이 어우러져 사람의 마음을 연구하는 '인지과학'이라는 새로운 학문이 탄생했어요. 또 사람의 마음을 기계로 따라한 '인공 지능'도 발전했어요. 전문가들은 더 나아가 인공 지능에 감정을 부여하려 하고 있어요. 마음을 이해하는 단계를 넘어, 마음을 만들어 내는 거예요.

　이 책에서는 1960년대까지 심리학의 기본 토대를 다진 사람들을 만나봤어요. 1960년대 이후 새로이 발전하는 심리학과 인지 과학도 따로 엮어서 소개할 수 있으면 좋겠어요.

　우리는 지금까지 철학자, 심리학자와 함께 마음의 비밀을 밝혀봤어요. 하지만 아직도 많은 부분이 알려지지 않은 미지의 영역으로 남아 있답니다. 마음의 비밀을 푸는 것은 우주의 신비를 푸는 것만큼이나 어려운 일일 거예요. 하지만 늘 그랬듯이 우리는 한 걸음 한걸음씩 미지의 세계에 다가가고 있어요.

　이 책을 읽은 여러분이 다음 한 걸음을 내딛는 주인공이 돼 보면 어떨까요?

마음의 비밀을 밝혀라

11명의 심리학자를 통해서 보는 마음 탐구의 역사

초판 1쇄 발행 2020년 11월 23일
초판 3쇄 발행 2021년 11월 5일

지은이 | 박민규
펴낸이 | 박유상
펴낸곳 | 빈빈책방(주)
편   집 | 배혜진
디자인 | 기민주
일러스트 | 미소노

등   록 | 제2021-000186호
주   소 | 경기도 고양시 덕양구 중앙로 439 서정프라자 401호
전   화 | 031-8073-9773
팩   스 | 031-8073-9774
이메일 | binbinbooks@daum.net
페이스북 /binbinbooks
네이버 블로그 /binbinbooks
인스타그램 @binbinbooks

ISBN 979-11-90105-11-8